新訳

若草物語

L・M・オルコット・作

ないとうふみこ・訳

琴音らんまる・絵

角川つばさ文庫

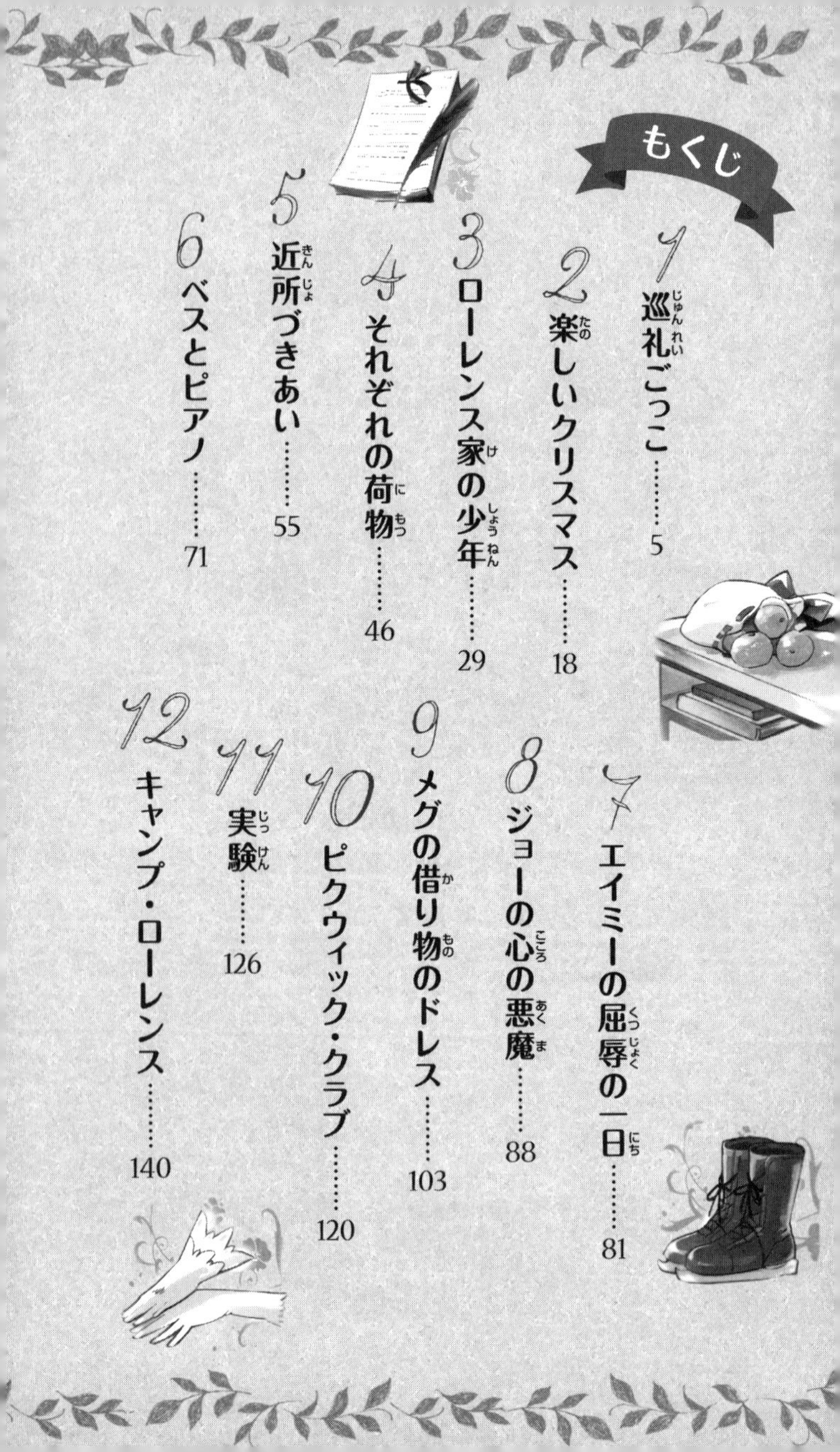

もくじ

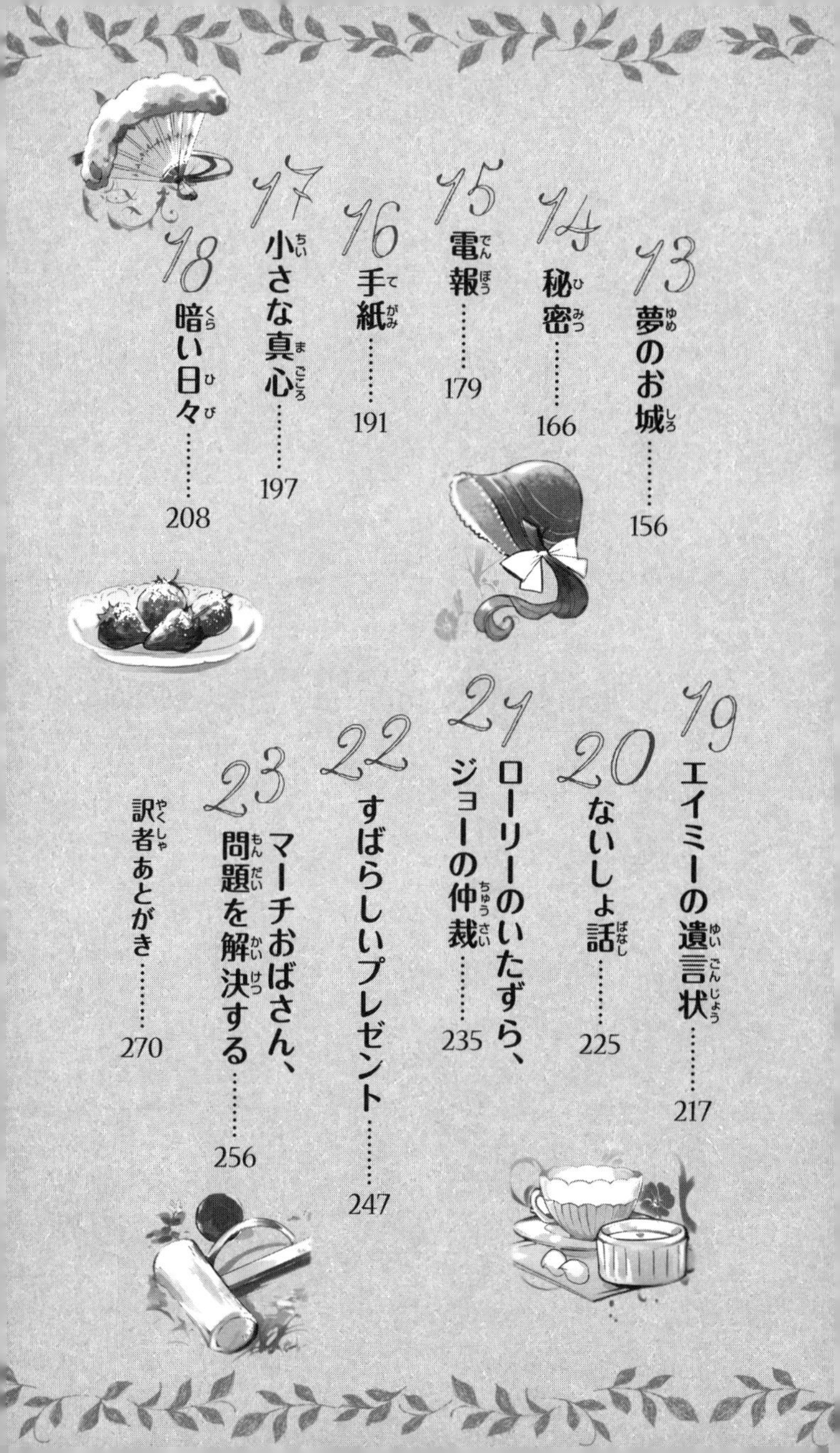

登場人物紹介

ベス

内気だけれど
心優しいジョーの妹。
マーチ家の三女

メグ

きれいで頭がよい
ジョーのお姉さん。
マーチ家の長女

ジョー

おてんばで本が大好き
マーチ家の次女

お母さん

マーチ家のお母さん。
しっかりもので家を
守っている

お父さん

戦争にいっている
マーチ家のお父さん

エイミー

絵が上手なジョーの妹。
マーチ家の四女

ジョン・ブルック

ローリーの
家庭教師

ローレンスさん

ローリーの
おじいさん

ローリー

マーチ家のとなりに
住んでいる男の子

1 巡礼ごっこ

「プレゼントがなくちゃ、クリスマスとはいえないよ」じゅうたんに寝そべったジョーがいった。

「貧乏って、ほんとにいやね」メグが、色あせた服を見てため息をついた。

「きれいなものをたくさん持ってる子がいるのに、なにも持ってない子もいるなんて、不公平よ」エイミーがくすんと鼻を鳴らす。

「あたしたちには、お父さんもお母さんも、みんなもいるじゃない」ベスが、いつもいる部屋のすみっこから、満足そうにいった。

暖炉に照らされた四人の顔が、一瞬明るくなったけれど、またすぐにくもってしまった。ジョーが「お父さんは、当分帰ってこないよ。戦争で遠くにいるんだもの」といったからだ。

するとメグが、しゃんとした声でいった。

「お母さんが、今年はプレゼントをなしにしましょうっていったのは、だれにとってもつらい冬になるからなのよ。男の人たちが軍隊で苦労しているのに、わたしたちだけ楽しいことにお金を使ったらもうしわけないもの。めいめいが進んで、少しずつがまんしないとね。とはいっても、なかなかむずかしいけれど」メグは、ほしいものをあれこれ思いうかべた。

「でもさ、あたしたちのおこづかいって一ドルずつでしょ。そんなにちょっぴり寄付しても、軍隊にはたいして役に立たないんじゃないかな。お母さんやみんなからのプレゼントをなしにするのは賛成だけど、あたし、『ウンディーネとシントラム』だけは買いたいなあ。ずっと前から読みたかったんだもん」ジョーは、本の虫だ。

「あたしは、新しい楽譜を買おうと思っていたの」ベスが、そっとため息をついた。

「わたしはぜったいに、色えんぴつセット。絵をかくのにいるんだもの」エイミーもいう。

「お母さんだって、なにもかもあきらめなさいっていうつもりじゃないと思うよ。それぞれほしいものを買って、少しぐらい楽しんでもいいんじゃないかな。みんないっしょうけんめい働いてるんだから」ジョーが大きな声でいった。

「そうよね。わたしだって、ほんとうなら家でくつろいでいたいのに、一日中あのやっかいな子どもたちの家庭教師をしているんですもの」

「ねえさんなんか、あたしの半分も苦労してないよ」ジョーが声をあげた。「神経質な、口うるさいおばあさんと、一日中顔をつきあわせてごらん。さんざんこきつかわれるのに、ちっとも満足してもらえないんだもん。しまいには窓からとびだすか、さけびだすか、したくなっちゃう」

「文句をいうのはよくないけれど、お皿洗いとおそうじは、世界一つらい仕事だと思うの。手がこわばって、ピアノがじょうずにひけなくなってしまうんですもの」ベスが、かさかさの手を見つめて、ため息をついた。

「いちばん苦労してるのは、だんぜんわたしよ」エイミーが声をあげた。「ねえさんたちは、学校にいかなくてもいいでしょう。学校にはいじわるな子たちがいて、勉強ができないとからかわれるし、服を見て笑われるし、お父さんが貧乏だからってさめすまれるし、鼻の形が悪いってばかにされるのよ」

「『さめすまれる』って、なあに。さげすまれるってこと?」ジョーが笑った。

「いちいち人のあと足をとらなくてもいいじゃない。むずかしい言葉をつかってごりをふやすのは、いいことなんですからね」エイミーが胸をはる。

「んもう、言い合いはやめましょうよ」メグがなだめた。「わたしたちはいつだって楽しくやっているじゃない。ジョーに言わせれば『ゆかいなやつら』なんだもの」

「ジョーって、ほんとうに、お下品な言葉を使うのね」エイミーは、じゅうたんに寝そべっているジョーをにらんだ。するとジョーは、ぱっと起きあがって両手をポケットにつっこみ、口笛を吹きはじめた。

「やめてよ、ほんとうに男の子みたい！」

「だから、やってるんだもん」

「女らしくない女の子なんて、だいっきらい！」

「あたしだって、気どり屋の女の子なんて、だいっきらい！」

「ふたりとも、おやめなさいったら。ジョー、ううん、ジョセフィンは、そろそろ男の子みたいなふるまいをあらためないとね。もう背も高くなって、髪をまとめているんだから、レディーだということをわすれないで」

「いやなこった。髪をまとめたらレディーになるっていうなら、あたしは二十歳になるまでおさげでけっこう」ジョーが頭をふると、ふさふさした栗色の髪がゆれた。「あーあ、男に生まれたかったな。そうすればお父さんといっしょに戦場にいけたのに。家でおばあさんみたいに編み物をしてなきゃいけないなんて最悪」ジョーは、編みかけの青い靴下をふりまわした。編み棒がカチャカチャ鳴って、毛糸玉がころがった。

ここで四人姉妹の紹介をしておこう。四人は雪のふりしきる十二月の夕方、暖炉の火がパチパチと元気よくはぜる部屋で編み物をしていた。古いけれどもいごこちのいい部屋だ。じゅうたんは色あせているし、家具はかざりけのないものだったが、壁には感じのいい絵がかけてあり、本棚には本がつまっている。窓辺では菊とクリスマスローズの花がひらき、おだやかで明るい雰囲気をかもしていた。

長女のマーガレット、つまりメグは十六歳。色白のふっくらした美人で、大きな目と、やわらかな茶色の髪、それにかわいらしい口もとをしている。白い手は自分でもお気に入りだ。

二女のジョセフィン、つまりジョーは十五歳。ひょろりと背が高く、小麦色に日焼けして、長い手足をもてあまし気味。その姿はどこか子馬を思わせる。きりっとした口もとと愛嬌のある鼻をしていて、するどい灰色の目は、なにものがさず食いいるように見つめるかと思えば、ゆかいそうに笑ったり、考えこんだりと、くるくる表情が変わる。ゆたかな長い髪は、ジョーのただひとつのじまんだが、ふだんはじゃまだからと、まとめていた。

三女のエリザベスは、みんなからベスと呼ばれている。バラ色のほほとつややかな髪を持ち、目のきらきらした十三歳の女の子だ。内気で声も小さいけれど、おだやかな表情がくずれることはほとんどない。お父さんからも「静かさん」と呼ばれるほどだ。

四女のエイミーは十二歳。末っ子ながら、自分ではいちばんえらいと思っている。雪娘のように色白で、目は青く、金色の巻き毛が肩ではずんでいる。ほっそりした体つきで、いつも身のこなしに気をつけながら、若きレディーのようにふるまっている。

　時計が六時を打った。ベスは暖炉のまわりをそうじしおえると、部屋ばきをあたためようと、暖炉のそばに置いた。まもなくお母さんが帰ってくる。みんなはいそいそと、むかえるしたくをはじめた。メグはランプをともし、エイミーはだれにいわれなくても安楽いすからどいた。ジョーは、つかれもわすれて起きあがり、お母さんの部屋ばきを火にかざした。

「部屋ばき、ずいぶんよれよれになっちゃったね。新しいのをあげなきゃ」

「あたし、自分のおこづかいで買ってあげようと思っていたの」ベスがいった。

「だめ、わたしがあげるわ！」と、エイミー。

「あら、長女のわたしが」メグがいいかけると、ジョーが割って入った。

「お父さんがいないあいだは、あたしが父親がわりなんだから、あたしが買う。お父さんから、留守のあいだお母さんをよろしくたのむっていわれたんだもの」

「ねえ、こうしない？」ベスが提案した。「みんな自分の買い物はやめて、お母さんにクリスマスプレゼントをあげるの」

「あんたらしい思いつきね。ねえ、なにをあげる？」ジョーが声をはずませた。

しばらく考えたあと、メグが、自分のきれいな手を見て思いついたかのようにいった。

「わたしは手袋をあげるわ」

「あたしはじょうぶな部屋ばき。いちばん上等なのを」ジョーが大きな声でいった。

「ハンカチを何枚かあげるわ。ぜんぶ、縁かがりをして」ベスもいう。

「わたしは小さな香水をおくるわ。それならお母さんも気に入ってくれるだろうし、たいして高くないから、残りのお金で色えんぴつも買えるもの」と、エイミー。

「お母さんには、自分たちの買い物にいくように見せかけて、びっくりさせようよ」ジョーがいった。「買い物はあしたの午後ね。今夜はクリスマスにやるお芝居の練習をしなくちゃ。エイミー、ちょっとこっちにきて、気を失う場面をやってごらん。あんたこのあいだ、でくの坊みたいに、こちんこちんだったでしょ」

エイミーは、どうも役者の才能にはめぐまれていないようなのだが、いちばん体が小さいので、悲鳴をあげながら悪者にさらわれる役をおおせつかっている。

「ほら、こういうふうに両手をにぎりあわせて、よろめきながら必死にさけぶの。『ロデリーゴ、助けて！　助けてちょうだい！』」ジョーは悲鳴をあげながら実演してみせた。すごい迫力だ。

エイミーもあとにつづいたが、両手をまっすぐ前につきだして、機械じかけの人形のようにぎこちなく歩くばかり。「きゃっ」という悲鳴も、針でツンとつつかれてとびだしたような、なさけない声だ。ジョーは思わずうめき、メグは笑いだし、ベスは、おかしなやりとりに見とれているうちに、暖炉であぶっていたパンをこがしてしまった。

「みんな楽しそうね」玄関から明るい声がきこえた。お母さんだ。役者も観客もふりむいて、お母さんをむかえた。長身で、思いやりにあふれた顔立ち。質素なかっこうをしていても品がいい。さえない帽子と、灰色のマントに身をつつんでいるけれど、世界一のお母さんだ。

「きょうはいそがしくて、お昼に帰ってこられなかったの。だれかお客さまはいらした、ベス？メグ、かぜはどう？ ジョー、あなたずいぶんくたびれた顔をしてるわね。こっちにきてキスしてちょうだい」

そういいながらお母さんはマントをぬいで、あたたかな部屋ばきにはきかえ、安楽いすにすわって、エイミーをひざにのせた。いそがしい一日のなかでこれからがいちばん幸せなひとときだ。娘たちはとびまわって、家族みんながくつろげるようしたくをした。メグはテーブルをととのえた。ジョーは薪を足していすをならべたが、とちゅうでなにかにさわるたびに落としたり、ひっくりかえしたり、ガチャンといわせたりした。ベスは居間と台所をいったりきたりしてもくもくと働き、エイミーは両手をひざにかさねてすわったまま、みんなにあれこれ指示をした。

やがてみんながテーブルのまわりに集まると、お母さんは特別うれしそうな顔でいった。

「夕飯が終わったら、みんなにおみやげがあるのよ」

「手紙ね！　お父さんからの手紙でしょう！」ジョーがさけんだ。

「そうよ。すてきな、長い手紙がとどいたの」お母さんは、宝物でも入っているように、ポケットをぽんぽんとたたいた。

「みんな、さっさと食べちゃおうよ！」ジョーはそういいながらお茶を飲んでむせ、あわてて手にとったパンを、バターのついたほうを下にしてじゅうたんに落っことした。

メグがしみじみといった。

「お父さんはえらいわ。もう若くないし、体もじょうぶじゃないから兵隊さんにはなれなかったのに、従軍牧師として参加するなんて」

「ねえ、お父さんはいつ帰ってくるの？」ベスが、少し声をふるわせながらたずねた。

「まだ当分は帰れないわ。病気でもしないかぎりはね。できるかぎり戦地にとどまって、いっしょうけんめいお仕事をするおつもりなの。だからわたしたちも、はやく帰ってほしいなどと思わずに、がまんしなくてはね。さあ、手紙を読むからこちらにいらっしゃい」

みんなは、お母さんのすわっている暖炉の前の大きないすをかこんだ。ベスはお母さんの足もとに、メグとエイミーは、それぞれひじかけに腰かけた。ジョーは、いすの背にもたれて身をのりだした。そこならジンときて涙ぐんでも、だれにも見られずにすむ。

手紙は、つらいことにはあまりふれずに、テント生活のようすなどを生き生きとえがいていた。明るくて、希望に満ちた便りだった。けれどもむすびの一節には、父親としての愛情と、娘たちへの思いがあふれていた。

「娘たちに心からの愛を伝えて、わたしの分までキスをしてやっておくれ。毎日あの子たちのことを思い、夜にはみんなのために祈っているよ。あの子たちが寄せてくれる思いが、なによりのなぐさめだ。あと一年会えないと思うと、たまらなく長く感じる。でもきっとみんなわたしがいったとおり、お母さんを大切にして、きちんと仕事をこなし、内なる敵に打ちかってくれることだろう。帰宅したあかつきには、小さな婦人たちに会えるのを楽しみにしている」

そのくだりにさしかかると、みんなが鼻をぐすぐすいわせた。ジョーは人目もはばからずに鼻先から涙をぽたぽたたらし、エイミーはお母さんの肩に顔をうずめてしゃくりあげた。

「わたし、わがままだけど、いい子になるわ。お父さんががっかりしないように」

「わたしも見た目ばかり気にするし、働くのがきらいだけれど、あらためるわ……できるだけね」メグもいった。

「あたしは、おてんばをやめて、お父さんのいうとおり『小さな婦人』になれるようがんばる」

ジョーは決意を口にした。

するとお母さんが、明るい声でいった。

「ねえ、小さいとき、『天路歴程』っていうお話にならって巡礼ごっこをしたのをおぼえている？　大きな荷物を背中にくくりつけて、〈破滅の都〉に見たてた地下室を出発し、杖をつきながらいっしょうけんめい階段をのぼったわよね。そして屋上の〈天の都〉にたどり着くと、そこにはみんなで集めたすてきなものがたくさんあったでしょう。毎日のくらしも、あれと同じなの。それぞれが重い荷物を背負って、目の前の道を歩んでいくんだもの。よい人間になりたい、幸せになりたいという気持ちを道しるべに、あやまちや苦労をのりこえて、平和に満ちたほんものの〈天の都〉をめざすのよ。さあ、小さな巡礼さん、遊びではなく、ほんものの巡礼になって、お父さんが帰ってくるまでにどこまでいけるか、がんばってごらんなさい」

「そうよね、みんなでがんばりましょう」メグがいった。「そうやって生きることが、よりよく生きることにつながるんだわ。でもむずかしいことだし、すぐにわすれてしまうから、あのお話を思い出さなくちゃ」

「そうだね。『天路歴程』の主人公のクリスチャンって人みたいに、あたしたちにも道案内の書物があるといいな」ジョーは、たいくつな仕事も巡礼ごっこだと思えば少しは楽しくなるかもしれないと、わくわくしながらいった。

「みんな、クリスマスの朝、まくらの下を見てごらんなさい。きっと道案内の書物があるから」

お母さんがいった。

　夜の九時になるとみんなは仕事を終え、いつものように歌をうたった。がたがたの古いピアノをひきこなせるのは、ベスしかいない。ベスが黄ばんだ鍵盤をやさしくたたいて音を出すと、声のきれいなメグが、母といっしょにみんなをひっぱった。エイミーは、こおろぎのようにコロコロとうたい、ジョーは気の向くままに音程をさまよった。娘たちが小さいころから、一家はこうして歌をうたってきた。母は生まれつき歌がじょうずだ。だから、みんなが朝いちばんに耳にするのは母が家事をしながらヒバリのようにうたう声だし、夜、寝る前に耳にするのもやはり母の明るい声だった。いくつになっても、この子守歌だけは欠かせないのだった。

2 楽しいクリスマス

クリスマスの朝、夜が明けて空が白みはじめるころ、ジョーがだれよりもはやく目をさました。暖炉に靴下がさがっていなかったので少しがっかりしたけれど、母の言葉を思い出してまくらの下をさぐると、なにかが手にふれた。ひっぱりだしてみると、真っ赤な表紙の小さな本だ。この本のことならよく知っている。世界一すばらしい人生のことが書かれた、古くて、美しい物語だ。この本ならきっと、長い旅に出る巡礼をみちびいてくれるだろう。

ジョーは、「メリークリスマス」といってメグを起こし、まくらの下を見るようにいった。メグのは緑色の表紙だった。なかにはやはり同じ絵がついていて、母からの短い言葉がそえてある。そのうちベスとエイミーも目をさまして、それぞれまくらの下をさがした。ベスのはハトの羽の色、エイミーのは青い色の表紙だった。

「ねえ、みんな」メグが妹たちに声をかけた。「お母さんは、わたしたちがこの本をよく読んで、好きになって、しっかり受けとめるよう願っているんだと思うの。だから今すぐはじめましょうよ。わたしはテーブルの上に本を置いて、毎朝起きたらすぐ、少しずつ読むことにするわ」

メグはさっそく真新しい本をひらいて読みはじめた。ジョーがメグの腰に手をまわし、ほほを寄せて、いっしょに読む。

「メグねえさんったらえらいわ。ねえ、エイミー、あたしたちも読みましょうよ。むずかしい言葉は教えてあげるから」ベスもいった。

しばらくのあいだ部屋は静まりかえって、四人がもくもくとページをめくる音ばかりがきこえていた。三十分後、メグとジョーはお母さんにお礼をいおうと、階段をかけおりていった。

「あら、お母さんは？」メグが、ばあやのハンナにきいた。

「さあ、どこへいらしたもんだか。さっき、貧しい人がたずねてきて、奥さまはすぐその人のとこへようすを見にいかれたんですよ。奥さまは食べ物や飲み物ばかりか、服から燃料までなんでもほどこしなさいますからね。あんな方は、ほかにいらっしゃいませんて」

ハンナはメグが生まれたときから、住みこみで家の手伝いをしてくれている。使用人というより、友だちのような存在だ。

「じゃあすぐに帰ってくるわね。ハンナ、パンケーキを焼いて朝食のしたくをしておいて」メグはそういいながら、お母さんへのプレゼントを確認しようと、バスケットをひっぱりだした。みんなの分をあつめて、ソファの下にかくしておいたのだ。「あら、エイミーの香水がないわ」

「ああ、さっきどこかへ持っていったよ。リボンでもつけるつもりなんじゃない？」とジョー。

「ねえ、あたしのハンカチすてきでしょう？　ハンナが洗ってアイロンをかけてくれたの。ししゅうは、ぜんぶ自分でしたのよ」ベスが、少しふぞろいな文字をうれしそうにながめていった。

「あれま。ベスったら、頭文字じゃなくて『お母さん』ってししゅうしたんだ。おかしい！」

ジョーがハンカチを一枚手にとって笑った。

「だめ？　だって、お母さんは頭文字がＭＭでメグと同じなんですもの。このハンカチは、お母さんだけに使ってほしいの」

「だいじょうぶ。かわいいアイディアだし、名案よ。こうすればだれもまちがえっこないもの。お母さんもきっとよろこぶわよ」メグは、ジョーに向かって少し顔をしかめてから、ベスに、にっこり笑いかけた。

　そのとき玄関のドアがバタンとしまって、足音が近づいてきた。

「お母さんよ。はやく、バスケットをかくして！」

　ジョーがさけんだとたん、エイミーが小走りに入ってきて、みんなが待ちかまえているのに気づいて、きまり悪そうな顔をした。

「どこへいっていたの？　しかも、なにかかくしてるわね」朝寝ぼうのエイミーがこんなにはやく、マントをはおってどこかから帰ってきたのを見て、メグは目をまるくした。

「笑わないでよ。あのね、わたし、香水の小さなびんを大きいのにかえてもらったの。おこづかいをぜんぶ使ったのよ。もうわがままは、やめたんだから」

エイミーがりっぱなびんをとりだしてみせると、メグがエイミーをだきしめ、ベスは窓辺に走っていって、自分の育てたバラのうちいちばんきれいなのをつんで、香水のびんにそえた。

「けさ本を読んだり、いい人になることについて話したりしてるうちに、はずかしくなっちゃったの。それで朝いちばんに走っていって、とりかえてもらったのよ。ああよかった。これでわたしのプレゼントがいちばんりっぱだわ」

そのとき、また玄関のドアが音を立てた。みんなはバスケットをソファの下に押しこむと、朝食のために起きてきたような顔をして、テーブルのまわりに集まった。

「メリークリスマス！　お母さん、本をありがとう。さっそくみんなで読みました。これからも毎朝、少しずつ読みます」みんなは声をそろえていった。

「メリークリスマス。もう読みはじめたのね。うれしいわ。ちゃんとつづけるのよ。ところで食卓につく前に、みんなに相談があるの。近所に貧しい女の人がいてね、生まれたばかりの赤ちゃんをかかえて、寝こんでいるの。暖炉に火が入っていないから、六人の子どもたちが、こごえないようひとつのベッドで体を寄せあっているわ。食べ物もなくて、さっきいちばん上の男の子が、寒くて、おなかがぺこぺこだといいにきたの。ねえ、けさの朝食をクリスマスプレゼントとして、あの人たちに持っていかない？」

一時間近くも待っていたので、みんなはひどくおなかがすいていた。思わずだまりこんでしまったが、すぐにジョーがさけんだ。

「よかった、食べはじめる前にいってくれて！」

「ねえ、あたしも運ぶのを手伝ってもいい？」とベス。

「わたし、クリームとマフィンを持っていくわ」エイミーは感心なことに、自分のいちばん好きなものをあげることにした。

メグは、はやくもそば粉のパンをつつんで、大きな皿に盛りつけはじめた。

「賛成してくれると思っていたわ」お母さんはほほえんだ。「みんないっしょにきてちょうだい。帰ってきたらパンとミルクで朝食にしましょう。そのかわり、夕食でうめあわせをしましょうね」

まもなく用意がととのって、一行は出発した。さいわいまだ朝はやいし、裏通りを歩いていったので、きみょうな行列を人に見られることもなかった。

それは貧しくて、がらんとした、みじめな部屋だった。窓はやぶれて火の気もなく、病気の母親のかたわらで赤ん坊が泣いている。べつのベッドでは、おなかをすかせた青白い顔の子どもたちが、一枚きりの古ぼけたふとんをかぶって身を寄せあっている。

一同が入っていくと、子どもたちは目を見ひらき、青ざめたくちびるにほほえみをうかべた。

「あれまあ！　天使さんたちが、きなすった！」女の人が、よろこびの声をあげた。

「帽子をかぶって、手袋をはめた天使なんてめずらしいでしょ」ジョーの言葉に、みんなが笑った。

まもなく一同は、働く精霊かなにかのように、くるくると動きはじめた。ハンナが火をおこし、マーチ夫人が母親にお茶とおかゆをあげた。娘たちはテーブルに食べ物をひろげて子どもたちを火のそばにすわらせ、朝食を食べさせた。

「おいしい！」「天使のお姉ちゃん」子どもたちはそんな声をあげながら食べ物をぱくつき、むらさき色だった手を暖炉の火であたためた。

娘たちは、天使なんて呼ばれたのははじめてだったので、とてもうれしかった。自分たちの朝食をあげてしまって、クリスマスの朝の食べ物がパンとミルクだけになったけれど、町じゅうのだれよりも晴れやかな気持ちだった。

家に帰って、お母さんが、気の毒なフンメルさんにあげられる古着をさがしに二階へあがっていくと、みんなはいよいよプレゼントの準備にとりかかった。

ごうかではないが、愛情のたっぷりこもったつつみばかりだ。テーブルのまんなかに赤いバラと白い菊とツタを生けた大きな花びんを置いたら、とてもエレガントになった。

「お母さんがくるよ！　ベス、音楽をお願い！」

ジョーがさけぶと、ベスがピアノでとびきり陽気な行進曲をかなで、エイミーがさっとドアをあけた。エスコート役のメグが、もったいぶってお母さんを席まで案内する。

お母さんはびっくりするやら感激するやら。目をうるませながらひとつひとつのプレゼントを手にとって、そえられた小さなメッセージをじっくり読んだ。ジョーの室内ばきは、すぐにはいてくれた。ベスのハンカチは、エイミーの香水をたっぷりふりかけてからポケットにおさめた。びんにそえられたバラは、胸にかざり、メグの手袋は、はめてみて「ぴったりよ」とほほえんだ。親子で笑いあって、キスを交わして、プレゼントの説明をして……。楽しいひとときがすぎると、みんなはまた仕事にとりかかった。夜のお芝居の準備をしなくてはならない。

お金をかけることはできないので、姉妹は「必要は発明の母」とばかりに、工夫をこらしてなんでもつくった。厚紙でギターをつくったり、舟形のソース入れに銀紙をかぶせて昔ふうのランプをつくったり……。

夜になるといよいよ、お客としてまねかれた十数人の少女たちが、ベッドの上にじんどった。ここが特等席だ。まもなくベルが鳴り、幕があいて芝居がはじまった。悪者のヒューゴーは、ザラ姫を愛し、恋人のロデリーゴを殺して、ザラ姫を手に入れようと考えている。五幕まである本格的なお芝居で、とちゅう、ザラ姫がスカートをひっかけてお城の塔をたおしてしまい、ロデリーゴが下じきになるという大騒ぎもあったが、最後にはぶじに恋人たちがむすばれて、幕がおりた。

客席からわっと嵐のような拍手が巻きおこった。が、つぎのしゅんかん、ぱたっと音がとぎれてしまった。なんと特等席に使っていた折りたたみ式ベッドがとつぜんふたつ折りになって、観客たちを飲みこんでしまったのだ。ロデリーゴたちがかけつけて全員ぶじに助けだされたが、みんな笑いころげて言葉も出ない。そんな騒ぎがおさまりきらないところへ、ハンナがあらわれた。

「マーチ奥さまからのおことづてですよ。お嬢さまがたもお友だちも、どうぞ下においでください。お夜食の用意ができています」

これは俳優たちにとっても思いがけないことだった。みんなはテーブルをひと目見たとたん、わあっと歓声をあげて顔を見あわせた。ちょっとしたおやつを用意してくれるなら、いかにも母らしいけれど、こんなにすばらしいごちそうは、家が貧しくなってから見たことがない。アイスクリームがふた皿、それもピンクと白のものが皿に盛りつけてあり、ケーキやフルーツ、それにかわいらしいフレンチボンボンまでならんでいる。テーブルのまんなかには、温室で育てた花の大きなブーケが四つかざられていた。

姉妹はただただびっくりして、テーブルと母の顔をまじまじと見つめた。母は、楽しくてたまらないという顔をしている。

「妖精のしわざ？」エイミーがきいた。

「サンタクロースでしょ」ベスがいった。

「お母さんよ」メグは、灰色のひげと白い眉毛をつけたまま、思いきりにっこりした。

「マーチおばさんが、とつぜんやさしい気持ちになって、とどけてくれたんじゃない？」ジョーが思いついてさけんだ。

「みんなはずれ。おとなりのローレンス家のおじいさまが、おくってくださったのよ」

「それって、あの男の子のおじいさま？　こんなこと、どうして思いついたのかしら。おつき合いもしていないのに」メグが首をひねった。

「ハンナがおとなりのメイドさんに、けさの朝食のことを話したんだそうよ。おじいさまは気むずかしい方だけれど、その話をきいて、感心なさったらしいわ。わたしの父のことをよくごぞんじでね。昼すぎにていねいなお手紙をくださったの。お嬢さんたちへのお近づきのしるしとして、ささやかなクリスマスプレゼントをおおくりしたいので、ぜひおゆるしいただきたい、って。おことわりするわけにはいかないでしょう？　それでこんなごうかなお夜食をいただいたんですよ。パンとミルクだけで朝食をすませたうめあわせね」

「あの男の子が、おじいさんにすすめたんじゃないかな。きっとそうだよ。なかなかいい子みたいだから、知り合いになれたらいいのに。向こうもあたしたちに興味がありそうだけど、はずかしがり屋なんだ。メグはおかたいから、たまに顔を合わせても話をさせてくれないし」ジョーはぼやいた。アイスクリームのお皿がまわされ、「ああ」とか「ふうう」という満足のため息とともに、口のなかへと消えてゆく。

「おとなりのお屋敷の人たちのこと？」まねかれてきていた女の子のひとりがいった。「うちの母がローレンス家のおじいさまと知り合いだけど、とても気位の高い方で、近所づき合いなんかなさらないんですって。お孫さんも、乗馬や家庭教師との散歩のとき以外は外に出さずに、ずーっと勉強させているそうよ。お孫さんをうちのパーティーに招待したことがあるけど、こなかったわ。母は、とても感じのいい子だといっていたけど、女の子とは口をきかないの」

　するとジョーがいった。

「一度、うちのネコがおとなりに入りこんで、あの男の子がつれもどしてくれたことがあったんだ。そのとき塀ごしにおしゃべりしたけど、すごく話しやすかったよ。クリケットやなんかのことばかりだったけど。なのにメグがやってくるのを見たら、あの子、あたふたと帰っちゃった。いつかかならず友だちになろう。あの子にだって楽しみは必要だもの。ぜったいにね」

3 ローレンス家の少年

「ジョー、ジョー、どこにいるの？」屋根裏部屋にあがる階段の下からメグがさけんだ。

「ここよ！」上からかすれ声が答えた。階段をかけあがると、ジョーが日あたりのいい窓辺のソファでふとんにくるまり、リンゴをかじりながら『レッドクリフの相続人』を読んで泣いていた。ここはジョーのお気に入りのかくれがだ。リンゴを五、六個と、おもしろい本をかかえてここにひっこみ、屋根裏に住んでいるネズミにときどきちょっかいを出しながら、静かにすごすのが大好きなのだ。ジョーは、ほっぺたの涙をぬぐってメグの言葉を待った。

「ねえ、見て！　ガードナーさんから、あすの大みそかのパーティーの正式な招待状がとどいたの！　あなたとわたしをまねいてくださったわ。お母さんも、ぜひいってらっしゃいって。なにを着ていけばいいと思う？」

「なにをっていっても、ポプリンのドレスしかないんだから、それを着るよりしょうがないじゃない？」ジョーはリンゴをもぐもぐやりながら答えた。

「あーあ、シルクのドレスがあればいいのに」メグはため息をついた。「十八になったら買ってもいいってお母さんはいうけど、あと二年なんてとても待ちきれないわ」

「あのポプリンならシルクに見えるよ。あたしたちには、あれでじゅうぶん。ねえさんのは新品みたいにきれいだし。そういえば、あたしのは、やぶれめと焼けこげがあるんだった。どうしよう。焼けこげ、とれないんだ」

「背中を壁に向けてじっとしているしかないわね。前はだいじょうぶなんだから。わたし、髪に新しいリボンをつけるわ。お母さんが真珠のブローチをかしてくれるっていうし、新しい靴はすてきだし、手袋もまあまあ」

「あたしの手袋はレモネードのしみがついてるんだった。新しいのを買うわけにもいかないから、手袋はなしでいいや」

「だめよそんなの。だったらわたし、いかないわ！　手袋はなによりも大切なのよ。手袋がなければダンスできないんだから」

「じゃあじっとしてるよ。どっちみちダンスはそんなに好きじゃないし。……そうだ！　ねえさんとあたしで、それぞれきれいなほうの手袋を片手にはめて、よごれているほうは手に持つようにすればいいんじゃない？」

「そんなことしたら、わたしの手袋がのびちゃうわ。あなたのほうが手が大きいんだもの」

「じゃあ、やっぱりなしでいくよ。人からどういわれようと、かまうもんか」

「んもう、わかったわ。じゃあ、かしてあげる。ねえ、おぎょうぎよくしていてよ。うしろで手を組んだり、人のことをじろじろ見たり、『なんてこったい』なんていったりしちゃだめよ」

「わかってる。つんとおすましてるからだいじょうぶ。なにもやっかいごとは起こさないようにするよ……できるだけね。さあ、ねえさんは招待状の返事を書いておいでよ。あたしはこのすてきなお話を読みおえたいから」

大みそかの夜、メグとジョーはパーティーのしたくでおおわらわだった。メグは前髪をカールしようと、ふさに分けて薄紙を巻きつけ、それを焼きごてでジョーにはさんでもらった。

「そんなに煙が出るものなの？」ベッドの上で見物しているベスがきいた。

「水分が蒸発してるとこ」ジョーが説明する。

「へんなにおいね。鳥の羽がこげたみたい」エイミーは自分の巻き毛を手ですきながらいった。

「さあ、これで紙をはずせば、くるんくるんだよ」ジョーが、こてをはずしながらいった。

ところが紙をはずしても、くるんくるんの巻き毛はあらわれなかった。焼けこげて、紙といっしょにとれてしまったのだ。

「ちょ、ちょっと！　なによこれ？　ああ、もうだめ。わたし、いけないわ。ああ、髪、わたしの髪！」メグは、ちりちりにこげた前髪を見つめてべそをかいた。

「いっつもこうなんだ。あたしなんかにたのんじゃいけなかったんだよ。なんでもだめにしちゃうんだから。ほんとうにごめんね。こてが熱すぎたみたい」ジョーも涙を浮かべた。

「だめなんかじゃないわ。くしゃくしゃっとやって、リボンの端がおでこにかかるようにするの。そうすれば最新流行のヘアスタイルみたいに見えるから」エイミーがはげました。

「だいじょうぶ。またすぐに生えてくるわ」ベスは、メグにキスをした。

　ほかにもこまごまとした騒動はたくさんあったものの、メグのしたくは、ようやくととのった。ジョーも、家族みんなに手伝ってもらって髪をあげ、ドレスを着た。ふたりともかざりけのないドレスがとてもよく似合っていた。メグは銀色がかった黄褐色のドレスにレースのフリルをつけ、真珠のブローチをあしらっている。髪は結いあげて、青いベルベットのリボンをむすんだ。ジョーは栗色のドレスに、男物のようなかちっとしたカラーをつけている。アクセサリーは白菊を二輪ほどたばねただけのコサージュ。それぞれが淡い色のきれいな手袋を片方ずつはめ、しみのついているほうは、手に持った。

　メグのハイヒールはきつくて、本人はみとめないもののじつは足がいたかった。ジョーが髪を結いあげるのに使った十九本のヘアピンも、まるで頭につきささっているみたいに感じられる。でも今夜ばかりは、エレガントでいることがなによりも大切だ。

「楽しんでいらっしゃい。あまり食べすぎないでね。ハンナをむかえにやるから、十一時にはおいとまするのよ」マーチ夫人は、娘たちを送りだした。そしてカチャンと門のしまる音がすると、こんどは窓から顔を出してさけんだ。

「ふたりとも、きれいなハンカチは持った？」

「持った持った。おしゃれで、きれいなやつ。メグなんか、香水までつけたのよ」ジョーはさけび、笑いながらメグにいった。「お母さんたら、地震がきて避難するときでも、ハンカチ持った、ってきくんじゃないかな」

ガードナーさんの家に着くと、ふたりは化粧室の鏡の前で、身だしなみをととのえた。

「背中の焼けこげが見えないように、気をつけてね、ジョー」

「ああ、ぜったいわすれる。あたしがなにかやらかしたら、ウィンクして知らせてよね」

「あら、だめよ。ウィンクなんてレディーらしくないもの。なにか気づいたら眉をあげて知らせるわね。だいじょうぶならうなずくわ。さあ、背すじをぴんとして、でも大またで歩かないようにね。それから人に紹介されても、握手しちゃだめよ。それがお作法」

「へええ。どうしてそんなにいろんなお作法を知ってるの？　あたしなんか、とても無理。あっ、にぎやかな音楽がきこえる」

　ふたりは少しおじけづきながら、下へおりていった。パーティーにはほとんど出たことがない。気楽な集まりとはいっても、ふたりにとってはおおごとだった。ガードナー夫人は、かんろくのある老婦人だ。ふたりをやさしくむかえてくれて、六人の娘たちの長女であるサリーに、めんどうを見るよういった。メグはサリーと友だちなのですぐなじんだが、ジョーは女の子やうわさ話が苦手なので、焼けこげが見えないよう壁に背中をくっつけたまま、花園にまよいこんだ子馬のように、場違いな気持ちをあじわっていた。

　部屋の向こうで、五、六人の若者たちが、わいわいとスケートの話をしていた。ジョーはスケートが大好きなので、その場にかけつけていっしょにおしゃべりをしたかった。でもメグに目くばせしてその気持ちを伝えると、「とんでもない！」とばかりに眉がつりあがったので、あきらめておとなしくしていることにした。そうこうしているうちにダンスがはじまった。メグはすぐにさそわれて、きついハイヒールをものともせず、軽やかにおどっている。ほほえみのかげで痛みをこらえているとはとても思えない。ジョーは、赤毛の大柄な若者が自分のほうへ近づいてくるのに気がついた。ダンスにさそわれてはたいへんと、ジョーはカーテンで仕切られた小部屋にそっと入りこんだ。ここなら、ときおり外をのぞきながらひとり静かに楽しむことができる。ところがそこには、はにかみ屋の先客がいた。「ローレンス家の男の子」だ。

「わっ、ごめんなさい。人がいるとは思わなかったから」ジョーは、あわててもごもごいいながら、あとずさりしかけた。

けれども少年は、少しびっくりしながらも、笑って気さくにいった。

「気にしないで。よかったらここにいてください」

「おじゃまじゃない？」

「ちっとも。ぼく、あまり知り合いがいなくて場違いな気がしたから、ひっこんだだけなんです」

「あたしもよ。ここにいてくださいな、よかったら」

少年はまた腰をおろして、自分の靴を見つめた。ジョーは空気をやわらげようとして、でもいやにていないな口調でいった。

「以前、お目にかかりましたよね。うちの近所にお住まいでしょう？」

「となりですよ」少年は顔をあげて、笑いだした。ネコをつれていったときクリケットの話をしたのに、ジョーがかしこまっているものだから、おかしかったのだ。

おかげでジョーも笑いだし、ようやくうちとけた口調で話しはじめた。

「クリスマスプレゼントをありがとう。みんなおおよろこびだったわ」

「あれは、うちの祖父がおくったんです」

「でもあなたがすすめてくれたんでしょう？」

「ところでネコは元気ですか、マーチさん？」少年はまじめくさった顔でたずねたが、黒い目はゆかいそうにかがやいている。

「ええ、おかげさまで、ローレンスさん。でもマーチさんなんて呼ばないで。ジョーでけっこう」

「じゃあぼくもローレンスさんはやめてほしいな。ローリーでけっこう」

「ローリー・ローレンス？　変わったお名前ね」

「ほんとうはセオドアっていうんだけど、きらいなんだ。友だちにドーラって呼ばれるから。それで、ローリーって呼ばせることにしたんです」

「あたしも自分の名前がきらい。ジョセフィンなんて甘ったるいんだもの。みんなジョーって呼んでくれればいいのに。ねえ、どうやって友だちにドーラって呼ぶのをやめさせたの？」

「ぶんなぐってやりました」

「そっか。まさかマーチおばさんをぶんなぐるわけにもいかないわね。がまんするよりないか」

ジョーはため息をついた。

「ダンスはきらいなんですか、ジョーさん？」

「ひろびろとして、みんながおどっているようなところでなら、おどるわよ。でもこういうところじゃ、けつまずいたり、人の足をふんづけたり、とんでもないことをしでかしそうだから、おとなしくして、メグがおどるところを見てるの。あなたは？」

「たまに。ぼく、何年も外国にいたから、ここでの作法が今ひとつ飲みこめてなくて」

「外国！　わあ、ぜひ話をきかせて。あたし、旅の話をきくのが大好き」

ローリーは、どこから話しはじめたものかまよっていたが、ジョーが熱心にたずねるので、すぐに語りはじめた。スイスのヴヴェイという町の学校にかよっていたこと、そこでは男子が帽子をかぶらないこと、湖で学生みんながボートに乗ること、休日には、先生たちとスイス国内のあちらこちらに遠足にいったこと。

「いいなあ。あたしもいってみたい！　パリには、いったことがある？」

「ええ。去年の冬はパリですごしました」

「じゃあフランス語を話せるのね？」

「ヴヴェイでも、フランス語以外は話しちゃいけないことになっていたから」

カーテンのすきまからときおり外をのぞいて、あれこれおしゃべりをするうちに、ふたりはだんだん昔なじみのようにうちとけてきた。ジョーが男っぽくてさばさばしているので、ローリーは気楽に話すことができたし、ジョーのほうも、ドレスのことを気にせずにすむうえに、眉をつりあげられる心配もないので、素顔のままの元気な自分にもどることができた。ジョーは「ローレンス家の男の子」のことがますます気に入って、家に帰ったら妹たちに話してきかせようと、相手の顔をしっかり心にきざみつけた。マーチ家には男の兄弟がいないし、親せきにも男のいとこはほとんどいないので、姉妹にとって、男の子は未知の生物のようなものなのだ。

「えーと、黒い巻き毛に、日焼けした肌。黒い大きな目と、形のいい鼻。歯が白くてきれい。手と足はそんなに大きくないけど、背はあたしより高い。男の子にしてはとても礼儀正しくて、とにかく感じのいい人ね。……歳はいくつなんだろう？」

ジョーは、歳をたずねようとしてぐっとこらえ、めずらしく遠まわしにきくことにした。

「じきに大学にいくんでしょう？　がりがり勉強……じゃなくて、いっしょうけんめい勉強しているところを見かけたわ」

ローリーはにっこりしたが、ジョーの言葉におどろいたふうでもなく、肩をすくめて答えた。

「あと一、二年かな。十七になるまでは、いかないから」

「え、それじゃあまだ十五歳？」ジョーは背の高いローリーをあらためてまじまじと見た。てっきり十七ぐらいだと思っていた。

「来月で十六だよ」

「ああ、あたしも大学にいけたらなあ。でもあなたは気が進まないみたいね」

「すごくいやなんだ。この国の大学には、猛勉強してるやつか遊びまわってるやつしかいない。ぼくはどっちも気に入らないから」

「じゃあなにがしたいの？」

「イタリアでくらして、自分の思うままに楽しく生きてみたい」

ジョーは、「思うまま」というのがどういうことなのか、きいてみたくてたまらなかったけれど、ローリーが黒い眉を寄せて少しむずかしい顔になったので、話題を変えた。

「あ、すてきなポルカ！　ねえ、おどってくれば？」

「きみがいっしょにきてくれるなら」ローリーは、うやうやしくおじぎした。

「いけないのよ。メグと約束したの。っていうのもね――」ジョーは言葉を切り、話したいような笑いたいような気分のまま、少しまよっていた。

「っていうのも、なんだい？」

「だれにもいわない？」

「いわないとも！」

「あのね、あたし暖炉のそばに立つ悪いくせがあって、よく服をこがしちゃうの。このドレスもそうで、うまくつくろってあるんだけど、やっぱり目立つのよ。だからメグにあまり動きまわらないようにっていわれてるんだ。おかしいでしょう。笑ってちょうだい」

けれどもローリーは笑わずに、ちょっと下を見てからやさしくいった。

「気にしなくてもだいじょうぶ。外に長いろうかがあるんだ。あそこならだれにも見られずに、思いきりおどれるよ。いかない？」

ジョーは感謝し、よろこんでろうかに出た。そこにはだれもいなかったので、ふたりはおおいに楽しくポルカをおどった。ローリーはダンスがじょうずで、ドイツ式のポルカを教えてくれ、くるくるまわったりとびはねたりするそのステップが、ジョーはすっかり気に入った。音楽がやむと、ふたりは階段に腰かけて息をついた。

しばらくおしゃべりをしているところへ、メグがジョーをさがしにやってきた。手まねきをするので、ジョーがしかたなくそちらへいくと、メグがさきに小部屋に入ってソファにすわり、青い顔をして足首をおさえている。

「足をくじいちゃったの。あのばかなハイヒールのせいで、ひねっちゃったのよ。痛くて立っていられないわ。うちに帰りつけそうもないくらい」メグは痛みのあまり体を前後にゆすっている。

「あんな靴をはいてたら、きっといためると思った。かわいそうに。でも馬車で帰るか、ここにとまるかしかないよね」ジョーは、メグの足首をやさしくさすった。

「馬車はたのめないわ。高いもの。それに馬車屋は遠いし、呼びにいける人もいないでしょう」

「あたしがいくよ」

「だめよ！　もう九時すぎで、まっくらですもの。かといって、ここのお宅は満員だから、泊まるわけにもいかないわ。サリーも、何人かお友だちを泊めるといっていたし。ハンナがくるまで

休んで、あとはなんとかするしかないわね」

「ローリーにたのんでみるよ。馬車を呼びにいってもらうように」

「だめだめ。だれにもいわないで。ハイヒールは荷物のなかにしまって、かわりにゴム靴を持ってきてちょうだい。お食事が終わったらハンナをさがして、きたらすぐに知らせて」

「ちょうどみんな食事にいくところだけど、あたしはここにいるよ。そのほうがいいもの」

「それより食堂にいって、コーヒーをもらってきてくれない。わたしくたくたで、動けそうにないから」

メグは靴をはきかえると、ゴム靴をうまくかくしてソファにもたれた。ジョーは、まごまごしながら食堂をさがしに出かけた。食器室にまよいこんだり、ガードナー家のご主人がひとりで軽食をとっている部屋をあけてしまったりしたあげく、ようやく食堂を見つけた。そこでテーブルにかけつけてコーヒーを確保したものの、とたんにこぼしてしまい、ドレスのうしろばかりか、前までひどいことになってしまった。

「ああっ、もう、あたしってほんとうにドジ！」ジョーは、しみのついたところをこすって、メグの手袋までよごしてしまった。

「だいじょうぶ？」ききおぼえのある声がした。ローリーが、片手にコーヒー、片手にアイスクリームの皿を持って立っている。

「メグがくたくただっていうからコーヒーを持っていってあげようとしたら、人とぶつかっちゃってこのありさま」ジョーはうんざり顔で、スカートのしみと、コーヒー色の手袋を見つめた。

「それは気の毒に。ちょうどこれをだれかにあげようと思っていたんだ。ねえさんのところへ持っていこうか？」

「ああ、ありがとう！　案内するわ。自分では持っていかないほうがいいと思うの。またとんでもないことになりそうだから」

ローリーは、女の人にサービスすることになれているのか、メグのそばに小さなテーブルをひっぱってきたり、ジョーにもコーヒーとアイスクリームをとってきてくれたりした。しかもとても礼儀正しいので、好みのうるさいメグまでもが「いい人ね」というほどだった。

しばらくみんなで楽しくおしゃべりをしていると、ハンナがむかえにきた。メグは足が痛いことをわすれていきなり立ちあがったので、思わず悲鳴をあげてジョーにしがみついてしまった。それでも「しっ、なにもいわないで」とジョーを制してから、ハンナに説明した。

「なんでもないの。ちょっと足をひねっただけ」そして足をひきずりながら二階へいって、コートをはおった。

ハンナはメグをしかり、メグが泣きだした。ジョーはこまりはてた。こうなったら、自分でなんとかするしかない。そっと部屋を出て階段をかけおりると、ジョーは、目についた使用人に馬車を呼んでほしいとたのんだ。するとその会話をききつけたローリーが、祖父の馬車で送ろうといってくれた。ちょうどむかえにきたところだというのだ。

「でもまだはやいじゃない。あなたはまだ帰らないでしょう?」

「いや、ぼくはいつもはやく帰るんだ——ほんとうに。送らせておくれよ。どうせ帰り道だし、雨もふりだしたらしいから」

それで決まった。ジョーはメグの災難を打ち明けて、ありがたくローリーの申し出を受けることにし、二階にかけあがってハンナとメグをつれてきた。ハンナはネコと同じで雨がきらいだったので、馬車で帰ることをすんなり承知した。みんなはぜいたくな屋根つきの馬車にのり、優雅な気分で家に向かった。ローリーが御者席にのってくれたので、メグは痛む足を向かいの座席にのせ、ジョーとふたりで気がねなくパーティーの話をすることができた。

「ああ、楽しかった。ねえさんは?」ジョーは、まとめていた髪をおろしてくしゃくしゃやりながら、ほっと息をついた。

「足をくじくまでは、楽しかったわ。サリーの友だちのアニー・モファットがわたしのことを気に入ってくれて、サリーといっしょに一週間泊まりにいらっしゃいってさそってくれたの。春、オペラがくるときにね。お母さんがいかせてくれたら、ほんとうにすてきなんだけれど」

「ねえさん、あたしがさけた赤毛の人とおどってたでしょ。いい人だった？」

「ええ、とっても。あの方の髪は、赤じゃなくて褐色よ。すごく礼儀正しいの。とても楽しくおどったわ。あなたたちこそ、カーテンのかげにかくれてなにをしていたの？」

ジョーは、ローリーとはちあわせしてからのことを話してきかせた。ちょうど話しおわるころ家についた。三人は何度もお礼をし、おやすみなさいをいってから、そうっと家に入った。

4 それぞれの荷物

「ああ、また荷物をかついで歩きださなきゃならないかと思うと、つらいわねえ」パーティーの翌朝、メグはため息をついた。

「一年じゅうクリスマスか新年だったらいいのにね」ジョーがあくびをする。

「そうしたら今の半分も楽しくないでしょうね。でもちょっとしたお食事をしたり、花束をいただいたり、パーティーにいって馬車で帰ってきたり、本を読んでゆっくりしたりして、働かずにすむのって最高ね。そんなふうにくらしている子たちがうらやましいわ。わたし、やっぱりぜいたくが好きみたい」

「そうはいっても、ぜいたくはできないんだから、ぼやいてもしかたがないよ。それぞれ自分の荷物を背負って、お母さんみたいに元気よく歩いていくしかないんじゃない？」

それでもメグの気持ちは晴れず、朝食のあいだもむっつりしていた。

この日はみんなそろって虫のいどころが悪かった。ベスは頭が痛くてソファに横になり、親ネコと三匹の子ネコにかまって気をまぎらしていた。エイミーは、宿題ができないのでいらいらしていた。ジョーは口笛を吹きながら、ドタバタと出かけるしたくをしていた。マーチ夫人は、すぐに手紙を出さねばならないので、書きおえようと必死だ。ハンナも、ゆうべおそくまで起きていたので調子が悪いとぼやいていた。

「こんなふきげんな家族、見たことない！」ジョーがさけんだ。インクスタンドをひっくりかえしたうえに、靴ひもが二本とも切れ、おまけに自分の帽子の上にすわってつぶしたものだから、ついにかんしゃくを起こしてしまったのだ。

「いちばんふきげんなのは、ジョーねえさんでしょっ！」エイミーがいいかえす。

「ベス、このろくでもないネコたちを地下室にとじこめておかないと、ぜんぶ川にほうりこんじゃうわよ！」メグが声をあららげた。子ネコが背中によじのぼって、手のとどかないところにひっつき虫みたいにしがみついているのを、やっきになってひきはがそうとしている。

ジョーは笑いだし、メグはがみがみいい、ベスはネコの命乞いをし、エイミーは九かける十二がわからないといってべそをかいている。

「ちょっとあなたたち、お願いだから少し静かにして！　この手紙、早便で出さなくちゃならないのに、そんなに大騒ぎされたら、気が散ってしょうがないわ」

一瞬シーンとしたところにハンナが入ってきて、お弁当用のほかほかのパイをふたつテーブルに置いた。ハンナはどんなにいそがしかろうと、きげんが悪かろうと、毎朝かならずこのパイを焼いてくれる。ジョーとメグのふたりは、寒いなかを遠くまで歩いていかなくてはならないし、二時すぎまで帰ってこられないからだ。

「はやく頭痛を治すんだよ、ベス。いってきます、お母さん。さ、いこう、メグねえさん」巡礼の旅は出だしからつまずき気味だなと苦笑いしながら、ジョーは家を出た。

出かけるとき、ふたりはいつも角を曲がる前にもう一度ふりかえる。すると窓辺でお母さんがにっこりしながらうなずいて、手をふってくれる。どんな気分のときでも、最後にお母さんの顔を見ると、お日さまに照らされたように心がほかほかする。

「きょうのあたしたちじゃ、お母さんが投げキッスをくれるかわりにこぶしをふりまわしても文句はいえないね。こんな恩知らずのろくでなしじゃあ」

「まあ、そんなひどいいいかたしないでよ」

「あたしは中身のある、するどい言葉が好きなの」

「自分のことは好きなようにけなせばいいけど、わたしはろくでなしなんかじゃありませんからね」

「だってねえさん、ぜいたくができないからって、ぷんぷんしてたじゃないの。かわいそうに。あたしがドカンとかせぐまで待っててね。そしたら好きなだけ馬車にのって、アイスクリームとハイヒールと花束と赤毛の男にかこまれてくらせるようにしてあげるから」

「もうジョーったら、ばかみたい」メグはつい笑ってしまい、少し気分が軽くなった。

ジョーがはげますようにぽんぽんとメグの肩をたたくと、ふたりは寒空の下、あたたかいパイをかかえてそれぞれの仕事場へと向かった。

父親のマーチ氏が、不幸な目にあった友だちを助けようとして財産を失ったとき、上のふたりは、少しでも家計の足しになるよう、自分たちも働かせてほしいとたのんだ。

マーガレットは家庭教師の仕事を見つけ、ささやかな給料をもらって、ゆたかな気分を味わっていた。ただ、つとめ先のキング家では、毎日のように自分がほしいものを見せつけられる。上の女の子たちが、ちょうど社交界に出たところなので、美しいパーティードレスやブーケをしじゅう目にするし、お芝居や、コンサート、そり遊びなどの話もよく耳に入る。つまらないことのために、お金がおしげもなくつぎこまれる場面もまのあたりにする。メグはめったにぐちをいわないが、不公平だという思いがつのって、まわりの人に腹を立ててしまうこともあった。

ジョーは、マーチおばさんに気に入られた。おばさんは足が悪いので、身のまわりの世話をする元気な人が必要なのだ。子どものいないマーチおばさんは、甥のマーチ家が破産したとき、娘たちのひとりを養女としてひきとろうと申しでた。ところがマーチ夫妻にことわられたものだから、すっかり気分を害してしまった。夫妻の友人のなかには、裕福なおばさんから遺産をもらえなくなると忠告する人もいたが、浮き世ばなれしたマーチ夫妻は、こういった。

「どれだけ財産をもらおうとも、娘を手ばなすわけにはいきません。お金があろうとなかろうと、いっしょにいるだけで幸せなんです」

おばさんはしばらくマーチ家の人たちと口もきかなかったが、友人の家でたまたまジョーと顔をあわせたとき、愛嬌のある顔でずけずけとものをいうジョーのことがなぜか気に入って、手伝いとしてやとうといいだした。ジョーは気が進まなかったけれど、ほかに仕事のあてはなにもない。しかたなくひきうけることにしたら、意外にも、気の短いおばさんとうまが合った。

もっともジョーがほんとうに気に入っているのは、本なのかもしれない。この家には、マーチおじさんが亡くなってからほこりをかぶってクモの巣がはっている書斎がある。そこでジョーは、マーチおばさんが昼寝したり、お客さんの相手をはじめたりすると、すぐさま書斎へかけつけ、安楽いすにまるくなって、詩の本や恋愛小説、歴史書、旅行記、画集などに読みふける。ジョーは根っからの本の虫だ。でもあらゆる幸せと同じく、この幸せなひとときも長つづきしない。物語のクライマックスや、詩のいちばん美しいところ、旅のもっとも危険なところにさしかかると、かならず「ジョセフィン！　ジョセフィン！」というかん高い声がひびきわたる。そうなるとジョーは楽園をあとにして、毛糸を巻いたり、プードルに水あびをさせたり、おばさんに、たいくつなベルシャムの『随想集』をえんえんと読んできかせたりするはめになるのだった。

ベスはひどく内気なので、学校にかようことができなかった。かよってみたこともあるけれど、どうにもつらくてやめてしまい、家で父親から勉強を教わるようになった。父が戦地へおもむき、母も軍人援護会の活動でいそがしくなった今は、ひとりでまじめに勉強にとりくんでいる。また、小さいながら家事も好きで、こまめにハンナの手伝いをした。

こんなベスにもなやみはあった。音楽のレッスンが受けられないことと、いいピアノがないことがつらくて、ときどき涙がこぼれてしまうのだ。ベスは音楽が大好きで、がたがたの古ピアノでとても根気よく練習をつづけていた。だれかが手をさしのべてくれればいいのだが、そんな人はだれもいない。それでときどき調子っぱずれの音を出す黄色い鍵盤に人知れず涙をこぼしている。それでもベスは、「いい子にしていれば、きっとピアノがじょうずになるわ」と希望を持ちつづけていた。

エイミーは、いちばんのなやみはなにかときかれたら、きっとこう答えるだろう。

「鼻よ！」

赤ん坊のとき、ジョーが手をすべらせて、石炭入れのなかにエイミーを落としたことがある。エイミーは、わたしの鼻がぺちゃんこなのはそのせいよ、といってゆずらなかった。べつにだんごっ鼻でも赤鼻でもなく、ただちょっと低いだけなのだが、いくらせんたくばさみでつまんでも高貴な鼻にはならない。気にしているのは本人だけなのだが、エイミーはどうしてもギリシアふうの鼻がほしくて、美しい鼻の絵をかいては自分をなぐさめていた。

そう、エイミーは絵がじょうずだった。姉たちから「小さいラファエロさん」と呼ばれるほど。花の写生をしたり、妖精の絵をかいたり、物語に自己流のさし絵をつけたりしているときがいちばん幸せだ。学校の先生からは、足し算をしないで石板に落書きばかりしていますねと、文句をいわれることもあるけれど、それなりに勉強をがんばって日ごろの行いにも気をつけているので、お目玉を食らうことはどうにかまぬがれていた。おまけに明るい性格で、まわりを楽しませるのが得意なので、友だちにも人気があった。

エイミーにとっていちばんの相談相手は、メグだ。一方、性格は正反対ながら、ジョーはいつもやさしくベスの相談にのっていた。はにかみ屋のベスも、ジョーにだけは気持ちを打ちあけることができたし、一方、おっちょこちょいのジョーは、知らず知らずのうちにベスからいい影響を受けているのだった。

その晩、姉妹がいっしょにぬいものをしていると、メグがいった。

「ねえ、だれかお話して。あまりにもゆううつな一日だったから、楽しい話がききたいわ」

「じゃあ、おばさんとのちょっとしたできごとを話してあげようか。あたしは、きょうもきょうとて、おばさんにベルシャムを読んであげていたのね。そのうち、とちゅうで考えごとをはじめたおばさんが、こっくりこっくり居眠りをはじめたもんだから、あたしはポケットからさっと『ウェイクフィールドの牧師』をとりだして、もうぜんと読みはじめたの。片目で本を読みながら、片目でおばさんのようすもちらちらと見てたんだけど、みんなが川にころげ落ちる場面にさしかかったら、思わずワハハと笑って、おばさんが目をさましちゃった。でも昼寝のあとできげんがよかったせいか、『その本を少し声に出して読んでごらん』っていうの。ためになるベルシャムにくらべて、どれだけくだらないかわかるようにって。

だからできるだけじょうずに読みあげたわけ。そしたらおばさん、気に入ったらしくて、こんなことをいうの。

『なんのことやらさっぱりわからないね。はじめにもどって読みなおしなさい』

おおせにしたがって、もどりましたよ。そしてプリムローズ家の物語をできるだけおもしろく読んでやったんだ。一度、山場にさしかかったときちょっといじわる心を起こして、こういってみたの。『おつかれじゃありませんか、おばさま。このへんでやめておきましょうか？』

そうしたらおばさん、ほっぽりだしていた編み物をひろって、メガネの向こうからじろりとにらんで、こういうのよ。『いいからその章を読みおえなさい。勝手なことをするんじゃないよ』って」

「おばさん、気に入ったっていったの」メグがきいた。

「ううん、まさか。でもね、もうベルシャムはそっちのけよ。さっき、あたしが手袋をわすれてとりにもどったら、おばさん『ウェイクフィールドの牧師』にかじりついてて、あたしがもどってきたことに気づきもしないの。思わずろうかでステップをふんで、笑っちゃった。おばさんも、その気になればもっと楽しいくらしが送れるのにねえ。あたし、おばさんがお金持ちでも、べつにうらやましくないな。だって、いくらお金があっても、なやみごとの数は貧しい人と変わらないんだもん」

5
近所づきあい

「ジョーったら、いったいなにしてるの？」メグがきいた。雪のつもったある日の午後、ジョーが、ゴム靴に、古い上着とフードというかっこうをし、片手にほうき、片手にシャベルを持ってろうかをドタドタ歩いている。

「外へ運動しにいくの」ジョーはいたずらっぽい顔で答えた。

「寒いわよ。わたしみたいに、暖炉の前でぬくぬくしていればいいのに」

「一日中じっとなんかしていられないよ。ネコじゃあるまいし、火のそばでうとうとするのはきらい。冒険を求めて外へいくんだ」

ジョーは元気よく雪かきをはじめた。粉雪なので、ほうきではくだけでたちまち庭のまわりに道ができる。こうしておけば、日がさしてきたときベスが散歩できるだろう。

庭の向こうにはローレンス家のお屋敷があって、両家の土地は、低い生け垣でしきられていた。こちら側にたっているのは、古い茶色の家。夏には壁がツタにおおわれ、まわりに花が咲きみだれるけれど、今はむきだしでちょっとみすぼらしい。生け垣の向こう側には、石づくりのりっぱなお屋敷がたっていた。見るからにぜいたくで、いごこちがよさそうなつくりだ。大きな馬車置き場、手入れのゆきとどいた庭、そして温室。ごうかなカーテンのすきまからは、美しい調度品が顔をのぞかせている。それなのにこのお屋敷は、どこかさびしくて、血がかよっていないように感じられた。芝生の上で子どもがはねまわることもなければ、母親らしき人が窓から笑顔をのぞかせることもなく、老人と孫以外、めったに出入りする人がいないからだ。

パーティーで出会って以来、ジョーは以前にもまして「ローレンス家の男の子」と友だちになりたいと思うようになり、近づきになる方法を考えていた。このところ姿が見えなかったので、どこかへいってしまったのかと思っていたら、先日、二階の窓に浅黒い顔が見えた。こちらの庭で雪合戦をするベスとエイミーを、わびしげな表情で見つめていたのだ。

「きっと友だちがいなくてさびしいんだ」と、ジョーは思った。「おじいさんから、お屋敷にとじこめられてるんじゃないかな。元気な男の子たちか、若くて活発な人たちと遊んだほうがいいのに、おじいさんはわかってないんだ。のりこんでいって、教えてやろうかしら」

ずっとこんなことを考えていたので、きょうこそ友だちになろうとジョーは心に決めていた。ローレンス家のおじいさんが馬車で出かけるのを見とどけると、雪をかきながらすばやく生け垣のまぎわまでかけつけて、ようすをうかがった。屋敷はしんと静まりかえっている。一階の窓はぜんぶカーテンがしまっていて、人気がない。でも二階の窓辺に、ほおづえをついている黒い巻き毛の人影が見える。

「いた！」ジョーは、雪玉をまるめて二階の窓に投げつけた。黒い巻き毛の人物がぱっと顔をあげ、大きな目をかがやかせてほほえんだ。ジョーもうなずいて笑うと、ほうきをふりまわしてさけんだ。

「こんにちは！　具合でも悪いの？」

ローリーは窓をあけて、カラスのようなしゃがれ声でさけんだ。

「だいぶよくなったところ。ひどいかぜをひいて、一週間こもっていた」

「たいへんだったのね。気晴らしはあるの？」

「なんにも。死ぬほどたいくつだよ」

「読書は？」

「しちゃいけないっていわれてる」

「人に読んでもらえばいいのに」

「おじいさまが読んでくれることもあるけど、好みが合わないんだ」

「友だちを呼んだら？」

「べつに会いたい人もいないよ。男はやかましくて、頭が痛くなるし」

「じゃあやさしい女の子に本でも読んでもらえば？　女の子ならおとなしいし、めんどう見もいいわよ」

「知り合いがいないもの」

「あたしたちがいるじゃない」ジョーはそういってちょっと笑った。

「たしかに！　ねえ、きてくれないかい？」

「やさしくもおとなしくもないけど、あたしでよければいくわ。でもお母さんにきいてみないと。窓をしめて、おりこうにして待ってて」

ジョーは、ほうきをかついで、ずんずん家に歩いていった。

ローリーは、あわててお客をむかえるしたくをはじめた。使用人が五、六人もいるわりに、部屋はちっとも片づいていない。まもなく呼び鈴が鳴って、「ローリーさんはいらっしゃいますか」というはきはきした声がきこえた。それからびっくり顔のメイドがかけあがってきて、若いお嬢さまがお見えですと告げた。

「ジョーさんだろう。通して」ローリーは自分用の小さな客間の戸口に歩みよった。あがってきたジョーは、ほほを赤くして、やさしそうな、くつろいだ顔をしている。片手には、おおいをかけた皿を持ち、もう片方の手には、子ネコを三匹かかえている。

「こんにちは。大荷物を持ってやってきたわよ。うちの母がよろしくって。メグからはこのブラマンジェ。おいしいんだから。それと、ベスが子ネコをつれていったら気分がよくなるかもって。笑われると思ったんだけど、あんまり真剣だから、ことわれなくて」

ベスのアイディアは、どんぴしゃだった。ネコと遊んで笑っているうちに、ローリーはたちまちうちとけたのだ。

ジョーが皿のおおいをとってブラマンジェを見せると、ローリーはにっこり笑った。

「うわあ、あんまりきれいで食べるのがもったいないな」

ブラマンジェのまわりには緑の葉がしきつめられ、エイミーの育てた赤いゼラニウムの花がかざりつけてある。

「みんなからの、ほんの気持ち。おやつにどうぞ。ツルンとしてるから、のどが痛くても食べられるはずよ。すてきな部屋ね！」

「ああ、片づいていればもっとすてきなんだけど、メイドがいいかげんだから」

「こんなのあっというまに片づくわよ。暖炉のまわりをちょっとはくでしょ——ほらね。それから棚の上をちょっと整理して、と。本はこっち、びんはここ。ソファをこちらへ向けて、クッションはちょっとふくらませて、と。ほら、これでよし」

「わあ、ありがとう！　こうすればよかったんだね。どうぞこっちの大きないすにすわって。お客さまなんだから、ぼくがもてなさないと」

「ううん、きょうはあたしがお見舞いにきたんだもの。本でも読む？」

「ありがとう。でもそのへんの本はぜんぶ読んだからいいや。きみさえよければ話がしたいな」

「もちろんいいわよ。あたし、どうぞっていわれたら一日中でもしゃべっちゃう。いつもベスに、ねえさんは止めどないわねっていわれるんだ」

「ベスって、あの赤いほっぺたの子？　たいてい家にいるけど、たまに小さなかごをぶらさげて外に出てくるよね」

「そうそう。ベスはあたしのお気に入りなの。ほんとうにいい子よ」

「美人のおねえさんがメグで、巻き毛の子がエイミーでしょ？」

「そう。どうして知ってるの？」

　ローリーは顔を赤らめながらも正直にいった。

「ここにいると、名前を呼びあうのがきこえるんだ。それで思わずきみたちの家に目をやってしまう。いつもすごく楽しそうだよね。のぞいたりしちゃ失礼なんだけど、花だんのそばの窓は、カーテンをしめわすれていることが多いから、明かりがともっていると、まるで絵のように見えるんだよ。暖炉の前できみたちがテーブルをかこみ、お母さまがこちらを向いていて。花だんごしに見るととてもきれいで、目がすいよせられてしまう。ぼくには母親がいないから……」くちびるがひくひくするのをかくそうと、ローリーは火かき棒で火をつついた。

「じゃあもう、あのカーテンはしめないようにするから、すきなだけのぞいてよ。でもそれよりうちに遊びにきてほしいな。おじいさまが、ゆるしてくださらないかしら？」

「きみのお母さまからたのんでもらえれば、だいじょうぶだと思う。うちのおじいさまは、ああ見えてやさしいから、ぼくはたいてい好きなようにさせてもらっている。ただ、ぼくが知らない人にめいわくをかけるんじゃないかと心配するんだ」

「知らない人じゃないでしょ、おとなりどうしだもの。それに、めいわくなんかじゃないわ。あたしたち、あなたとお友だちになりたいの。あたし、ずっと前からチャンスをうかがってたんだから。うちは、わりと最近ひっこしてきたけど、おつき合いがないのはお宅だけよ」

「うちのおじいさまは本にうもれてくらしているから、外の世界にはあまり関心がないんだよね。家庭教師のブルック先生はここに住んでいるわけじゃないから、外出にはつきそってもらえないし。だからついつい家にこもってしまう」

「それはよくないな。人にまねかれたら、がんばって出かけたほうがいいわよ。そうすれば友だちがたくさんできるから。ひっこみ思案なんかすぐに直るって」

ローリーはまた赤くなったけれど、気を悪くしたりはしなかった。ジョーの話し方にはとても心がこもっているので、ぶっきらぼうな物言いでもやさしい気持ちが伝わってくる。

「きみは学校が好き？」ローリーは、話題を変えようとしてたずねた。

「学校には、いってないの。働いてるんだ。大おばさんの家に手伝いにいってる」

ローリーはさらにくわしくたずねようと口をひらきかけたが、やっぱり失礼だと思ってやめた。

ジョーはそんなローリーの育ちのよさが気に入って、短気なマーチおばさんの話をおもしろおかしく語ってきかせた。太っちょのプードル、スペイン語を話すオウムのポリー、そして大好きな書斎……。ローリーはおおよろこびした。とくに気どった老紳士がおばさんに求婚にきたとき、くどき文句のとちゅうで、オウムのポリーが老紳士のかつらをくわえてひきはがしてしまった話をきくと、涙を流して大笑いした。メイドが、なにごとかとようすを見にきたほどだ。

それからふたりは本の話をはじめた。うれしいことにローリーも本が大好きで、ジョーよりもたくさん読んでいるほどだった。

「そんなに本が好きなら、うちの書斎を見においでよ。おじいさまは出かけているから、こわがらなくてもだいじょうぶ」ローリーは立ちあがった。

「あたしには、こわいものなんてないもん」

書斎に入ると、ジョーは両手を組んでぴょんぴょんとびはねた。壁にはぎっしり本がならび、絵や彫刻もかざられている。

「ごうかねえ！」ジョーはため息をついて、ベルベットの安楽いすに身をしずめ、満ちたりた気持ちであたりを見まわした。「あなた、世界一の幸せ者だわ」

そのとき玄関のベルがなり、ジョーはいすからとびあがった。

「たいへん！　おじいさまだ！」

「あれ？　こわいものなんてないんじゃなかったの？」

そこへメイドが入ってきて、「お医者さまがいらっしゃいました」と告げた。

ローリーはジョーにいった。

「少しだけ待っててもらえないかな。お医者さんにみてもらわないと」

「どうぞどうぞ。あたしはここにいれば幸せだから」

ローリーがいってしまうと、ジョーはじっくりと書斎のなかを見てまわった。ローレンス氏のりっぱな肖像画の前にたたずんでいるとまたドアがあいたので、ジョーはふりかえりもせずにいった。

「やっぱりおじいさまは、こわくないな。口もとはきびしいけど、目がやさしいもの。すごくがんこそうだし、あたしの祖父ほどハンサムじゃないけど、気に入ったわ」

「ありがとう、お嬢さん」うしろで、しわがれ声がいった。なんと、そこに立っていたのはローレンス氏だった。

かわいそうにジョーは、これ以上ないほど真っ赤になった。胸もひどくどきどきする。すぐにでも逃げだしたいけれど、それでは弱虫だし、姉や妹たちに笑われる。よく見ると、灰色のぼさぼさ眉の下のほんものの目は、肖像画の目よりさらにやさしそうで、いたずらっぽくキラリとかがやいている。おかげでジョーはずいぶん落ちついた。

「わしがこわくないとな」

「はい、あんまり」

「わしはあんたのおじいさんほどハンサムではないか」

「ええ」

「そして、すごくがんこそうだと」

「そんなふうに見えると思っただけです」

「それでもわしのことを気に入ってくれたんだな」

「ええ、そうです」

老人はよろこんで声をあげて笑い、ジョーと握手をかわした。それからジョーのあごを指で持ちあげてまじまじと顔を見ると、手をはなしてうなずいた。

「あんたは、おじいさんと顔は似とらんが、同じ気概を持っとるな。おじいさんは、いい男だった。そのうえ勇敢で、正直でな。わしは友人であることがほこらしかったよ」

「ありがとうございます。それから、すばらしいクリスマスプレゼントもありがとうございました」

「いや、あれは孫の思いつきだよ。ほれ、お茶のベルが鳴った。あんたもくるといい」ローレンス氏は、昔ふうのしぐさで、ジョーに片腕をさしだした。

「メグが見たらなんていうかな？」ジョーは、ローレンス氏と腕を組んでろうかを歩きながら、想像をめぐらした。

そこへローリーが二階からかけおりてきて、ジョーが、おそるべき祖父と腕を組んで歩いているのを見ると、ぎょっとした顔になった。

「これ！　なにをドタバタしとるんだね、おまえは」と、ローレンス氏。

「帰っていらしたと、知らなかったものですから」

「そのようだな。さあ、お茶にいくぞ。紳士のたしなみをわすれぬようにな」

老人は、自分ではほとんど話をせず、お茶を四杯も飲みながら若者たちふたりのようすをじっと見まもった。ふたりが昔なじみのようにおしゃべりをはじめると、孫の顔には赤みがさして、明るく、生き生きとしてきた。身ぶりも元気になり、笑い声にも心からの楽しさがにじんでいる。

「うちの子は、さみしかったのかもしれんな。このお嬢さんたちと近所づきあいをさせてみようか」老人は、ジョーのことが気に入った。えんりょなくものをいうのが気持ちいいし、なによりまるで自分が男の子であるかのごとく、ローリーのことをよくわかっているように見える。

お茶を終えて一同が席を立つと、ジョーはそろそろおいとましますといったが、ローリーはそれを押しとどめてジョーを温室につれていった。ローリーは美しい花を両手にあまるほどはさみで切ると、ひもでたばねて花束にし、にっこり笑ってジョーにさしだした。

「これをきみのお母さまにさしあげてくれないかな。すてきなお薬をどうもありがとうございましたって伝えてほしい」

温室を出ると、ローレンス氏が客間の暖炉の前に立っていたが、ジョーの目はグランドピアノに吸いよせられた。

「ピアノをひくの？」ジョーは、感心した面持ちでローリーにたずねた。

「たまにね」

「お願い、ひいて。ベスにみやげ話をしたいから」

そこでローリーがピアノをひき、ジョーは花束をかかえてヘリオトロープやティーローズのぜいたくな香りにつつまれながら、ピアノに耳をかたむけた。ローリーの演奏はみごとなもので、ききおえるとジョーは盛大にほめたたえた。ローリーがどぎまぎした顔をすると、ローレンス氏が助け船を出した。

「もうじゅうぶん、じゅうぶんだよ、お嬢さん。あまり甘い言葉をかけると、この子のためにならん。演奏の腕はけっして悪くないが、もっと大切なことにも力を入れてほしいのでな。もうお帰りかね。きょうはありがとう。ぜひまたきておくれ。お母さんによろしく。おやすみ、ジョー先生」

老人は心をこめて握手をしてくれたが、なにかが気に入らないような顔をしている。ろうかに出ると、ジョーはローリーに「あたし、なにかいけないことをいったかしら」とたずねた。

「いや、ぼくのせいだよ。おじいさまは、ぼくがピアノをひくのがきらいなんだ」

「どうして？」

「そのうち話すよ。またきてくれるよね？」

「ええ。でもかぜが治ったら、かならずうちにもきてよ」

「わかった」

「さよなら、ローリー！」

「さよなら、ジョー。さよなら！」

家に帰って、その日のできごとをすっかり家族に話してから、ジョーは母にたずねた。

「ねえ、お母さん、ローレンスのおじいさまはどうしてローリーのピアノがきらいなのかな」

「はっきりとはわからないけれど、息子さん、つまりローリーのお父さんのことがあったからじゃないかしら。息子さんはイタリア人の女性音楽家と結婚したの。おじいさまは、ほこり高い方だから、それが気に入らなかったのね。その女性はとても美しくて、いい人で、りっぱな音楽家だったけれど、ローレンスさんのおめがねにはかなわなくて、結婚後、ローレンスさんは一度も息子さんと会わなかったのよ。ところが息子さん夫婦は、ローリーが小さいころ亡くなってしまって。そのあとおじいさまがローリーをひきとって育てているの。イタリア生まれのローリーは、お母さん似で生まれながらの音楽好きだけれど、おじいさまとしては、あの子が音楽家になりたいといいだすのをおそれていらっしゃるんでしょう。ローリーがピアノをひくところを見るたびに自分のきらっていた女性を思い出すから、ジョーがいうように、ついしかめっ面になってしまったんでしょうね」

「まあ、なんてロマンチックなの！」メグがため息をついた。

「ばっかみたい！」ジョーは、気に入らないようだ。「音楽家になりたいなら、ならせてあげればいいのに。うるさいこといって、いきたくもない大学なんかにいかせるのはよくないよ」

「ローリーの目が黒くて、いつもおぎょうぎがいいのは、イタリアの血なのね。『すてきなお薬をどうもありがとうございました』なんて、気のきいたことをいうじゃない」

「メグねえさんのつくったブラマンジェのことだよね？」

「ばかね、なにいってるの！　ほんとに子どもなんだから。あなたのことに決まってるでしょ」

「ええっ、そうなの？」ジョーは、まるで思いつかなかったとばかりに、目をまるくした。

「いやあね。せっかくほめてもらっても、気づかないなんて」メグは、若い娘ならそういうことを心得ていてとうぜんとばかりにいいはなった。

6 ベスとピアノ

それからというものローレンス氏は、マーチ家をたずねて、娘たちひとりひとりにやさしい言葉をかけ、お母さんとは昔話をして、すっかりみんなとうちとけるようになった。ただ、人見知りのベスだけは、そういうわけにいかなかった。

このころローリーと姉妹たちのあいだにも、春の若草のように友情が芽ばえていた。ローリーはみんなのお気に入りだった。ローリーのほうも家庭教師のブルック先生に「マーチ家のお嬢さんは、とってもすてきな人たちですよ」と伝えていた。

ほんとうにすばらしい毎日だった。お芝居、スケート、そり遊び。古い居間での楽しい夕べ。ときにはローレンス家でささやかなパーティーもひらかれる。メグは、いつでも好きなときに温室にいってブーケをつくってもかまわないとおゆるしをもらった。ジョーは、書斎の本を片っぱしから読んでは、自分流の批評でローレンス氏をおおいに楽しませた。エイミーは絵画を模写して、心ゆくまで美を味わった。そしてローリーは、主人役をみごとにこなしてみせた。

けれどもベスだけは、グランドピアノにあこがれているのに、どうしてもお屋敷にいく勇気が出なかった。一度ジョーといっしょにいったことはあるのだが、ベスの人見知りのことを知らないローレンス氏が、ぼさぼさ眉毛の下からじいっとベスを見つめ、あげくのはてに大きな声で「やあ！」と呼びかけたものだから、ベスは家に逃げかえってしまった。そして、大好きなピアノのためでも、もう二度とあのお屋敷にはいかない、といったのだった。

このことを伝えきいたローレンス氏は、なんとかしなければと考えた。そこでマーチ家をおとずれたとき、さりげなく音楽の話をはじめて、じっさいに見たことのある偉大な歌手や、すばらしいオルガンの演奏についてつぎつぎに語った。その話があんまりおもしろいので、さすがのベスも部屋のすみにじっとしていることができず、ひきよせられるようにそろそろと近づいていった。お客さまのいすのうしろで、目を見ひらき、ほほを赤くしてききいっていると、ローレンス氏がふと思いついたようにマーチ夫人に向かっていった。

「最近、ローリーがピアノをひかなくなりましてね。あまり熱心になられてもこまるので、わたしとしてはうれしいのですが、ピアノのほうは、ひかないといたんでしまうのですよ。音程がくるわないよう、お嬢さん方のなかでどなたか、たまにひきにきてくださるかたはいらっしゃいませんかな」

ベスは思わず一歩ふみだし、拍手しそうになるのをこらえて両手をしっかりとにぎりあわせた。とてつもなく心ひかれる話だった。あのすばらしいピアノで練習することを思うだけで、息が止まりそうになる。するとローレンス氏がちょっぴり笑って、小さくうなずきながらつけたした。

「なに、いちいち家の者に声をかけずに、好きなときにきてくれればいいのです。わたしは屋敷の反対側の書斎にこもっておりますし、ローリーはしじゅう出かけているし、使用人たちは朝の九時以降は、客間に近寄りませんのでな」

これをきいてベスが手をあげようと決意したとき、ローレンス氏が立ちあがった。

「どうかお嬢さん方に、よろしくお伝えください。もしご興味がなければ、それでかまいませんので」

そのしゅんかん、ローレンス氏の手のなかに小さな手がすべりこんできた。ベスが感謝でいっぱいの顔をして、おずおずと、でもけんめいにうったえた。

「興味があります。とっても、とっても！」

「あなたが音楽好きのお嬢さんかな？」ローレンス氏は「やあ！」などといわぬように気をつけて、やさしいまなざしでベスを見た。

「はい。ベスといいます。音楽が大好きなんです。どうかうかがわせてください。ほんとうにだれもきかないでくだされば――それと、だれにもおじゃまでなければ」

「ああ、だれもききやしないよ。好きなだけひいてくれれば、たいへんありがたい」

「ありがとうございます！」

ローレンス氏からにこやかに見つめられて、ベスはほっぺたをバラ色にそめた。でも、もうこわくない。このうえない贈り物になんといえばいいかわからなかったので、ベスは感謝の気持ちをこめて、大きな手をぎゅっとにぎりしめた。するとローレンス氏がベスのひたいにかかった髪をやさしくかきあげ、かがみこんでキスをした。

「わたしにも昔、こんな目をした孫娘がいたのですよ。お嬢さんに神さまのおめぐみがありますように。それではごきげんよう、奥さん」

だれもきいたことがないほどやさしい声でいうと、ローレンス氏はそそくさと帰っていった。

翌日、老若ふたりのローレンス氏が外出するのを見とどけると、ベスは二、三度ためらっていったりきたりしたあげく、なんとか通用口からローレンス家に入りこみ、ネズミのようにひっそりと客間に向かった。そこにはあこがれのグランドピアノがあった。ぐうぜんにもピアノの上には、やさしく美しい曲の楽譜が置かれている。ベスは何度もきき耳を立てたり、あたりを見まわしたりしてから、ようやくふるえる手で鍵盤にふれた。するとたちまち不安もなにもすっとんでしまい、えもいわれぬよろこびにひたりながらピアノをひいた。その音色はまるで、大好きな友だちの声のようだった。

ベスは、ハンナが食事の時間に呼びにくるまで、ピアノをひきつづけた。家に帰ってもたいして食欲もなく、ただみんなに向かってにこにこと幸せいっぱいにほほえむばかりだ。

それ以来、小さな茶色のフードが毎日のように生け垣のあいまをすりぬけていった。大きな客間には、人知れず音楽の精が出入りするようになった。ベスは、ローレンス氏がちょくちょく書斎のドアをあけて、自分の好きななつかしい調べに耳をかたむけているとは思いもしなかった。

ローリーが玄関のあたりに立って、使用人が客間に近づかないよう注意していることも知らなかったし、譜面台に立ててある練習曲や新しい曲の楽譜が、わざわざ自分のために置いてあることにも気づかなかった。

ローレンス氏が音楽の話をしにきてから何週間かたったころ、ベスは母にお願いをした。

「ねえ、お母さん、あたしローレンスのおじいさまに部屋ばきをつくってさしあげようと思うの。とても親切にしてくださるからなにかお礼がしたいけれど、ほかにはなにも思いつかなくて。さしあげてもいい？」

「ええ、もちろんよ。きっととてもよろこばれるわ。いいお礼になるわね。ねえさんたちに手伝ってもらいなさい。材料代は、わたしが出してあげるから」ベスがおねだりをすることなどめったにないので、マーチ夫人は、ことのほかうれしかった。

ベスは、メグとジョーにじっくり相談してデザインを決め、材料を買って、部屋ばきをつくりはじめた。深いむらさき色の布に、品がよくてかわいらしいパンジーをひと株ししゅうするのがいいと意見がまとまって、ベスは朝はやくから夜おそくまでけんめいに働いた。むずかしいところは、ねえさんたちに手伝ってもらった。小さいながら針仕事がとくいなので、部屋ばきはたちまちできあがった。それからベスは短いメッセージを書き、ローリーにお願いして、朝、ローレンス氏が起きる前に、書斎の机に置いてきてもらった。

ローレンス氏がよろこんでくれるかどうか、ベスは気になってしかたがなかった。贈り物をした当日がすぎ、翌日になってもローレンス氏がなにもいってこなかったので、ベスは、おじいさまが気を悪くされたのではないかと、心配になってきた。その日の午後、ベスはおつかいをたのまれて、外に出た。用事を終えて帰ってくると、居間の窓から頭が三つ……いや、四つつきだしている。ベスの姿を見つけたとたん、みんながいっせいに手をふってさけんだ。

「おじいさまからお手紙よ！　はやくはやく！　読んでごらんなさい」

ベスはドキドキしながら走っていった。玄関をあけると姉妹みんなが待ちかまえていて、ベスを意気揚々と居間までつれていき、いっせいに指さしてさけんだ。

「ほら！　見て見て！」

ベスはそちらに目をやったとたん、よろこびとおどろきのあまり血の気がひいてしまった。そこには小さなたて型ピアノが、でんとすわっていた。つやつやしたふたの上に手紙がのっている。封筒には「エリザベス・マーチ嬢」と記されていた。

「あたしに？」ベスはジョーにすがりついた。あんまりびっくりして、足に力が入らない。

「そう、あんたあてよ。すばらしいと思わない？　世界一すてきなおじいさまだよね。封筒のなかにピアノの鍵が入ってるよ。まだ読んでないからはやくあけて読んでみて」ジョーはベスをだきしめていった。

「ジョーねえさんが読んで。あたし、くらくらする……。ああ、なんてすばらしいの」

そこでジョーは手紙をひろげると、いきなり笑いだした。こんな書き出しだったからだ。

「マーチ嬢へ

謹んで申しあげます」

「古風で、すてきね！　わたしもそんな手紙がほしいわ」エイミーがうっとりしていった。

「小生は、これまでかずかずの部屋ばきを使用してまいりましたが、あなたのお手製の品ほどぴったり合うものははじめてです。三色スミレは、小生の好きな花です。この部屋ばきを見るたびに、心やさしきあなたのことを思いうかべるでしょう。どうかお返しとして、わが孫娘の形見の品をおおくりすることをおゆるしください。

心からの感謝をこめて。ご多幸を祈りつつ――

貴女の友人にしてつつしみ深きしもべ

ジェームズ・ローレンス」

「ベス、これはとても光栄なことだよ！　ローリーがいってたけど、おじいさまは亡くなったお孫さんのことをとても愛していて、遺品をぜんぶだいじにとってあるんだって。その形見のピアノをくださったんだもの。大きな青い目をしていて、音楽が大好きだっていう理由でね」ジョーが、ベスを落ちつかせようとしていったが、ベスはまだふるえていた。こんなに興奮したベスを見るのは、はじめてだ。

「ひいてごらんなさいませ、お嬢さま。かわいいピアノの音色をぜひきいてみましょうよ」ハンナがせかした。

ベスがひいてみると、ピアノは、だれもきいたことがないほどすばらしい音がした。

「おじいさまにお礼をいいにいかなくちゃね」ジョーは冗談のつもりでいった。ベスがほんとうにいくなんて、これっぽっちも思わなかったからだ。ところがベスはいった。

「ええ、そのつもりよ。今、いってくるわ。考えすぎるとこわくなっちゃうから」

あぜんとする家族たちをしりめに、ベスはすたすたと庭を横切り、生け垣を通りぬけて、玄関からローレンス家のなかに入っていった。

屋敷のなかのようすが見えたら、家族はなおさらびっくりしたことだろう。ベスは、考えるまもなく書斎のドアをノックした。そして「お入り」というがらがら声がきこえると、ほんとうに部屋に入って、おどろきに目をみはっているローレンス氏のところまで歩いていった。それから片手をさしだし、少しだけ声をふるわせていった。

「あたし、お礼にうかがいました。だって――」けれども、最後までいいおえることはできなかった。ローレンス氏があまりにもやさしい顔をしているので、いおうとしていたことをわすれてしまったのだ。頭にうかんでくるのは、ローレンスのおじいさまが、いとしい孫娘を亡くしたということばかり。だからベスは、両手をおじいさまの首にまわして、キスをした。

屋根がいきなり吹きとんでも、ローレンス氏はこれほどおどろきはしなかっただろう。同時にベスの心のこもったキスがたまらなくうれしかったし、胸を打たれてもいた。思わずベスをひざにだきあげると、しわだらけのほほをベスのバラ色のほほにそっと寄せた。まるで孫娘が生きかえったように感じられる。ベスも、もうローレンス氏のことがちっともこわくなくなって、生まれたときから友だちだったようにおしゃべりすることができた。

ローレンス氏はベスをマーチ家の門まで送ると、うやうやしく握手をし、軽く帽子にふれてから帰っていった。背すじののびたその姿は、どうどうとしていて、りっぱなものだった。

7 エイミーの屈辱の一日

「あーあ、わたしにもローリーが馬に使うお金の何分の一でもあればいいのに」

ある日のこと、ローリーが馬にのって走りさるのを見ながら、エイミーがため息をついた。

「どうして？」メグがやさしくきいた。

「お金がいるの。お友だちに借りがあるのよ」

「借りがある？ どういうこと？」メグは眉を寄せた。

「ライムのピクルスを六つぐらいもらったんだけど、お金がないからお返しできないの」

「くわしく話してちょうだい。今はライムがはやっているの？」

「そう。だれもかれもがライムを買っていて、ケチだと思われたくなかったら、自分でも買わなくちゃならないの。みんな授業中にライムをしゃぶってるし、休み時間になると、鉛筆や、ビーズの指輪や、紙人形なんかと交換するの。好きな友だちにはおごってあげるし、きらいな子だったら目の前で食べてやるわ。順番におごることになっていて、わたしは今までたくさんごちそうになってるけど、まだ一度もお返ししてないのよ。信用がなくなっちゃう」

「いくらあれば、信用がとりもどせるの？」メグは自分の財布をあけた。

「二十五セントあればおつりがくるから、メグねえさんにも買ってきてあげられる」

「わたしはあんまり好きじゃないから、けっこうよ。お金はだいじに使いなさいね」

「わあ、ありがとう！　今週はまだライムを食べてないの。これで好きなだけ買えるわ」

翌日、エイミーは、ふだんよりおそく登校すると、しめり気のある茶色い紙袋をちらちらと見せびらかしてから机の奥にしまった。エイミー・マーチが、おいしいライムを二十四個（学校にくるとちゅうで一個食べた）持っているといううわさは、ものの数分で仲間うちをかけめぐった。以前、エイミーがライムを買えないことをバカにしたジェニー・スノウも、きゅうにてのひらを返して、足し算の答えを教えてあげましょうかといってきた。けれどもエイミーは、「鼻ぺちゃなわりに、人の持ってるライムのにおいだけは、かぎあてる子がいるわね」とか「気どってるくせに、ライムだけはおねだりするのね」という、スノウ嬢の辛らつな言葉をわすれていなかった。そこで「きゅうに親切にしてくれなくてもけっこうよ。どっちみちあなたには、あげないから」とばかりににらみかえしてやった。

その日の午前中、どこかのおえらいさんが参観にきて、エイミーのかいた美しい地図をほめちぎった。ジェニー・スノウは、くやしくてたまらない。おえらいさんがおきまりのほめ言葉を残して帰っていくと、ジェニーは、質問があるようなふりをして担任のデイビス先生のところにいき、エイミー・マーチが机のなかにライムのピクルスをかくしていますと告げ口をした。

デイビス先生は前々からライムを学校に持ってくることを禁じていて、最初に規則をやぶった者には、むち打ちの罰をあたえると口をすっぱくしていっていた。だから「ライム」という言葉をきいたとたん、火薬に火がついた。先生が黄色い顔を真っ赤にして机をドンドンたたいたので、ジェニー・スノウはあわてて席にかけもどった。

「みなさん、静かに！」

先生のとがった声に、教室はしんと静まりかえった。五十人の青や黒や茶色の目が、おそろしい形相をした先生をじっと見つめる。

「マーチさん、前へ」

エイミーは、平静をよそおいながらも、ライムを持っていることがうしろめたくて、心は不安に押しつぶされそうだった。

「机のなかにかくしたライムを持ってきなさい」先生が命じた。

「少し残しておいたほうがいいわよ」となりの席の女の子がささやく。

エイミーは袋をゆすって五、六個机のなかに出し、残りをデイビス先生のところへ持っていった。人間らしい心を持つ人なら、ライムのいい香りをかげば、きっとゆるしてくれる……。でも悪いことにデイビス先生はライムのにおいが大きらいだった。

「これでぜんぶかね？」

「い、いえ、まだです」

「ぜんぶ持ってくるんだ」

仲間の女の子に「もうダメ」と目くばせすると、エイミーはいわれたとおりにした。

「よろしい。ではこの気持ちの悪い代物をふたつずつ持っていって窓からすてなさい」

みんながいっせいにため息をついたので、小さな風が巻きおこった。エイミーは、はずかしいやらくやしいやらで顔を真っ赤にしながら、教卓と窓のあいだを何度も往復した。こんなの――こんなのひどすぎるわ……。クラスじゅうが、うったえるようなまなざしで、非情なデイビス先生を見つめた。ライムの大好きな女の子がひとり、わっと泣きだした。

「みなさん、わたしが一週間前にいったことはおぼえているでしょう。こうなってしまったのはざんねんですが、わたしは規則を曲げるつもりはないし、自分でいったことは決してゆるがせにしないつもりです。マーチさん、手を出しなさい」

エイミーは、はっと息をのんで両手をうしろにまわし、すがるような目で先生を見た。

「手をお出しなさい！」先生はそれしかいわない。ほこり高きエイミーは、泣いたり、たのみこんだりするのはまっぴらだった。だからぐっと歯を食いしばり、いどむように顔をあげて小さなてのひらにむちを受け、身じろぎもせずに痛みをこらえた。

「休み時間までこのまま教壇に立ってなさい」デイビス先生はとことんまでやるつもりらしい。もう最悪だった。自分の席にもどって、友だちの気の毒そうな目や、数は少ないものの敵対する子たちからの満足気なまなざしにさらされるだけでもつらいのに、クラス全体に向かって立っていなくてはならないなんて。エイミーは、しゃがみこんで泣きだしたい気持ちをこらえて、ストーブのえんとつを見つめながら、真っ青な顔でぴくりとも動かずに立ちつづけた。

休み時間までの十五分間、感じやすく、プライドの高いエイミーの心には、一生わすれられない屈辱と苦しみがきざまれた。生まれてから十二年間、ひたすら愛情につつまれて育ったエイミーにとっては、つらい経験だった。こんな仕打ちは、受けたことがない。

十五分が一時間のように感じられた。ようやく休み時間になると、デイビス先生は少しばつの悪そうな顔で「もどってよろしい」と告げた。エイミーは、とがめるような目で先生を見てから、だれにもひとこともいわず、まっすぐひかえ室に向かった。そしてすばやく持ち物を手にとり、

「もう二度とこない」と心にちかって学校をとびだした。

家に帰ってめそめそしていると、やがて姉たちが帰宅して怒りの集会がひらかれた。母は多くを語らなかったものの、顔をくもらせて、傷ついた娘をやさしくなぐさめた。メグは、エイミーの手になんこうをぬってやりながら涙をこぼした。ベスは、これほどの悲しみは、子ネコでもいやせないと思った。ジョーはかんかんになって、デイビス先生を今すぐ逮捕するべきだと息巻いた。ハンナは「悪漢」に立ちむかういきおいで、ジャガイモをすりつぶした。

学校がひけるころ、ジョーがきびしい顔で教室にあらわれ、教卓に歩みよって母からの手紙を先生にわたした。そしてエイミーの持ち物を集めて立ちさった。

その晩、母はいった。

「学校はしばらくお休みしなさい。でもベスといっしょに毎日少しは勉強するのよ。わたしは体罰には反対です。とくに女の子に対してはね。デイビス先生の指導法もよくないと思うし、学校でつきあっている女の子たちも、あなたにいい影響をおよぼさないと思うの。だからお父さんに相談して、またつぎの学校を決めましょう」

「よかった。ほかの子もみんなやめて、あんな学校つぶれちゃえばいいのに。あのライムのことを思うと、わたし、ほんとうにくやしくて」エイミーは、つらそうにため息をついた。

「ライムのことはしかたがないわ。あなたは規則をやぶったんですもの。その分の罰は、受けてもとうぜんよ」お母さんが、ぴしゃりといった。

8 ジョーの心の悪魔

「ねえさんたち、どこへいくの？」土曜日の午後、エイミーが部屋に入ると、メグとジョーが秘密めかしたようすで、出かけるしたくをしていた。

「どこでもいいでしょ。子どもは、あれこれきかないの」ジョーがぴしゃりといった。

子どものときに、なにがくやしいといって、「子どもはあれこれきかないの」といわれるほど腹の立つことはない。エイミーは、なにがなんでもききだしてやろうと心に決めて、だいたいいつもたのみごとをきいてくれるメグに向かって、甘え声でいった。

「ねえ、お願い、わたしもつれてって。ベスはピアノをひいてばっかりだから、わたしとってもさびしいの」

「そうはいかないのよ。あなたは招待されていないし……」メグがいいかけると、ジョーがさえぎった。

「メグ、だまってて。だいなしになるよ。エイミー、あんたはいけないのよ。赤ちゃんみたいにだだをこねるのはやめて」

「あっ、わかった、ローリーといっしょにどこかにいくんでしょ。きのうソファで三人でひそひそ話をしてて、わたしが入っていったら、だまったもの。そうなんでしょ？」

「そうだよ。だからもう、おとなしくして」

　エイミーは、メグがポケットに扇をしのばせるのを見とがめた。

「そうか！　お芝居にいくのね。『七つの城』を見にいくんでしょう！　なら、わたしもいく。お母さんが、あのお芝居なら見てもいいっていったもん。おこづかいもあるし」

「あなたはかぜをひいていたから、今週はだめってお母さんがいっていたでしょう」メグがなだめにかかった。「ベスとハンナといっしょに来週いきなさい」

「ローリーやねえさんたちといったほうが楽しいわ。お願い、メグ、いい子にするから」

「どうする？　あたたかいかっこうをさせれば、お母さんもだめとはいわないかも……」

「この子をつれていくなら、あたしはいかないよ。それにローリーに失礼じゃない。あたしたちを招待してくれたのに、エイミーをつれていくなんて」ジョーはぷんぷんしながらいった。自分が楽しみたいのに、落ちつきのない子どもをつれていくなんて、まっぴらだ。

　けれど、ジョーのいいかたで、エイミーはますます腹を立ててしまった。

「ぜったいにいく。メグがいいっていったもん。自分のおこづかいで切符を買えばいいでしょ」

「あたしたちといっしょには、すわれないんだよ。予約席なんだもの。でもあんたをひとりですわらせるわけにいかないから、きっとローリーが自分の席をゆずろうとする。そうなったらだいなしよ。いいから家で留守番してて」

床にすわってブーツを片方はいたまま、エイミーは泣きだした。メグがなぐさめているところへ、ローリーが下で呼び鈴を鳴らし、ジョーとメグは妹をほうって階段をかけおりた。エイミーはときどき大人びたふるまいをわすれて、甘えんぼうの子どもにもどってしまう。姉たちが出かけようとすると、階段の手すりから身をのりだしてどなった。

「おぼえておきなさいよ、ジョー・マーチ。きっと後悔するからね！」

「ふん、ばっかみたい！」ジョーは、バタンとドアをしめた。

『ダイヤモンド湖の七つの城』は、はなやかですばらしいお芝居だった。でもジョーは、心のすみがちくりとうずくのを感じた。妖精の女王のふさふさとした金髪を見ると、エイミーを思い出してしまう。「きっと後悔する」って、あの子、なにをするつもりなんだろう……。

ジョーとエイミーは、これまでにもたびたびケンカをくりかえしてきた。ふたりとも短気で、かっとなると手がつけられなくなるたちだ。エイミーはジョーのかんにさわり、ジョーはエイミーをおこらせる。ふたりとも、あとになればはずかしく思うのだが……。ジョーは年長なのに、自分をおさえるのにだれよりも苦労し、気性のはげしさでたびたび損をしていた。

お芝居が終わって家に帰ると、居間でエイミーが本を読んでいた。顔もあげなければ、なにひとつたずねてもこない。ジョーは、部屋にあがるとまっさきにたんすに目をやった。この前ケンカをしたときには、エイミーが腹立ちまぎれにジョーのいちばん上のひきだしをひっくりかえして、床に中身をぶちまけたのだ。でもきょうは、なにもひっくりかえっていない。戸棚、かばん、箱……。どうやらエイミーは、ゆるしてわすれることにしたらしい。

でもそれは、とんでもない思いちがいだった。翌日の昼すぎ、メグとベスとエイミーが居間にいると、ジョーがすさまじいいきおいでとびこんできた。

「あたしの原稿知らない？」

メグとベスは、びっくりした顔ですぐに「知らないわ」といった。エイミーは火かき棒で暖炉をつついていて、なにもいわない。その顔が赤らむのを見て、ジョーはすぐにぴんときた。

「エイミー、あんたが持ってるのね？」

「持ってないわ」

「ありかを知ってるんでしょ？」

「知らない」

「うそ！」ジョーはどなり、すごいけんまくでエイミーの肩をつかんだ。

「うそじゃないわ。持ってないし、どこにあるかも知らないし、どうでもいいもん」

「ぜったいなにか知ってる。はやくいいなさいよ。いわなきゃいわせてやる」

「いくらでも怒ればいいじゃない。あんなお話なんか、もう二度と見つかりっこないんだから」

「どういうこと？」

「燃やしちゃったもん」

「なんですって？　あたしがあんなにだいじにして、何年もかかって書きあげた原稿を？　お父さんが帰ってくる前に書きおえるつもりだったのに、あんたほんとうに燃やしたの？」

「そうよ！　おぼえておきなさいっていったじゃない。ねえさんがあんないじわるを――」

エイミーの言葉はつづかなかった。ジョーのかんしゃく玉が破裂して、エイミーの歯がガチガチ鳴るほどゆすぶったからだ。ジョーは怒りと悲しみにわれをわすれてさけんだ。

「この人でなし！　あれはもう二度と書けないのよ。あんたなんか死ぬまでゆるさない！」

メグがエイミーをかばい、ベスはジョーをなだめようとした。けれどもジョーは手がつけられないほど怒っていて、最後にエイミーの横っつらをひっぱたくと、だっとかけだして、屋根裏部屋にこもってしまった。

やがてお母さんが帰ってきて、階下では嵐がおさまった。エイミーは、お母さんにいわれて、ジョーに対してひどいことをしてしまったことに気がついた。ジョーの書いているお話は、本人にとって心のよりどころであるのはもちろん、家族からも、文学的な将来性のあかしと受けとめられていた。ほんの六編ほどの短い童話ながら、どれもジョーが根気よく心をこめて書いたもので、できることならいつかは本にしたいという望みもあった。つい最近ていねいに清書を終えて、古い原稿はやぶりすててしまったところだ。その清書をエイミーが燃やしてしまったので、数年間の努力が灰になってしまった。ジョーにしてみればたいへんな災難で、とりかえしのつかないものだった。

食事のベルが鳴るとジョーがおりてきた。ひどくむずかしい顔をしていて、だれも寄せつけない雰囲気なので、エイミーはめいっぱい勇気をふるいおこして、やっと声をかけた。

「ゆるしてください、ジョー。ほんとうに、ほんとうにごめんなさい」

「ぜったいにゆるさない」ジョーは一刀両断し、そのあとはエイミーのことを完全に無視した。

だれも――お母さんさえも――ケンカのことにはふれなかった。ジョーがほんとうに怒ったら、なにをいってもむだだと経験でわかっていたからだ。なにかちょっとしたハプニングか、ジョー本来のやさしさのおかげで、怒りがやわらぐのを待つしかない。

その晩、おやすみのキスをするとき、お母さんはジョーにそっとささやいた。

「日がくれるまで怒りを持ちこしてはならない、って聖書にもあるでしょう。たがいにゆるしあって、助けあって、またあした新しくはじめましょうね」

ジョーはお母さんの胸に顔をうずめて、怒りも悲しみも涙で流してしまいたかった。でも泣くなんて女々しいし、あまりに深く傷ついたので、どうしてもゆるす気になれない。ジョーは首を左右にふると、エイミーがきいていることを意識しながら、低い声でいった。

「言語道断なことをしたんだもの。ゆるせるわけがないよ」

翌日、ジョーはまだ険悪な顔つきをしていた。おまけに一日中なにもうまくいかなかった。朝からひどく寒かったのに、大切なほかほかのパイをみぞに落っことしてしまうし、マーチおばさんには、かんしゃくを起こされた。家に帰ればメグがしずみこんでいるし、ベスも悲しそうだ。おまけにエイミーは「いい人になりたいと口先ばかりで、ちっとも努力しない人」について、ねちねちいいつづける。

「ああっ、まったくもう、みんな頭にくるったらない。あたし、ローリーとスケートにいってこよう。あの子はいつだって親切で明るいから、きっと気分も晴れるわ」

エイミーは、スケートの刃がカチャカチャ鳴る音をききつけて、窓から外をのぞいた。

「やっぱりね！　じきに氷がとけちゃうから、つぎはつれてってくれるって約束したくせに。でも、あんな、いじわるばあさんにたのんでもむだね」

「そんなこといわないの。あなたがいけないことをしたんだもの。だいじな原稿をなくされたら、そりゃあ、かんたんにはゆるせないわよ」メグがいった。「でも、ころあいを見はからってお願いしてごらんなさい。追いかけていって、はじめはなにもいわずに、ようすを見るの。そのうちジョーがローリーのおかげで元気になったら、だまってキスするか、なにか親切なことをしてあげるといいわ。そうすればきっと仲なおりしてくれる」

「わかったわ」エイミーはおおいそぎでしたくをすると、ふたりのあとを追った。

川まではたいして遠くなかったが、エイミーが着くころには、ふたりともすべりだそうとしていた。ジョーは、エイミーがくるのに気づいて背を向けたが、ローリーは気づかなかった。寒くなる前に数日間あたたかい日がつづいたので、岸にそってすべりながら、氷のようすをたしかめていたのだ。

「最初のカーブまでいって、氷の状態を見てみるよ。問題がなければ競走しよう」ローリーのこの言葉は、エイミーの耳にもとどいた。ローリーはいきおいよくとびだしていった。

ジョーには、走ってきたエイミーが息をきらし、指を息であたためながらスケートの刃を靴にとりつけようとしているのがきこえたけれど、一度もふりかえらずにゆっくりとジグザグにすべりはじめた。するとカーブのあたりからローリーがさけんだ。

「岸のそばをすべったほうがいい。まんなかはあぶないよ」

ジョーにはこの注意がきこえたが、エイミーはちょうど立ちあがろうと苦労しているところで、なにもきいていなかった。ジョーは肩ごしにちらりとうしろを見たが、そのとき胸のなかで小さな悪魔がささやいた。

「あの子にきこえようときこえまいと、かまうもんか。勝手にさせておけばいいよ」

ローリーがカーブの向こうに姿を消し、ジョーはちょうどカーブにさしかかっていた。エイミーは、はるかうしろをすべっていて、少しずつ、まんなかの氷がなめらかなところへ向かっている。ジョーは、ふと胸騒ぎがして立ちどまり、またすぐにすべりだそうとしたものの、なぜか気になってもう一度ふりむいた。そのしゅんかん、エイミーが両手をあげて水に落ちたのだ。氷の割れる音、水しぶき、そして悲鳴。ジョーはおそろしさのあまり、心臓がこおりついたような気がした。ローリーを呼ぼうとしても声が出ず、かけつけようとしても足に力が入らない。ただぼうぜんと、黒い水にうかぶ青いフードを見つめるばかりだ。そのとき、なにかがすごいはやさで通りすぎた。ローリーだ。

「柵の横木を持ってきて。はやく、はやく！」

わけのわからないまま、ローリーにいわれたとおりに動いた。ローリーは冷静で、氷にはらばいになって、自分の腕とホッケーのスティックでエイミーを支えている。ジョーが柵の横木をはずしてひきずっていくと、ふたりは力を合わせて、なんとかエイミーをひっぱりあげることができた。さいわいエイミーにケガはなく、ただただおびえていた。

「はやいところ家につれて帰ろう。ぼくらの服でくるんで、あたたかくしてやって。ぼくは、からまったひもをほどくから」ローリーはさけんで自分のコートをエイミーに着せ、からまったスケートのひもをほぐした。

ずぶぬれになって、ふるえながら泣きじゃくるエイミーをふたりは家につれてかえった。ひとしきり大騒ぎがあったあと、エイミーは暖炉の前で、毛布にくるまれて眠りについた。そのあいだジョーはほとんど口をきかずに、ひたすらとびまわった。真っ青な顔をして、目は血走り、服はやぶれ、手には氷や横木や金具で打ち身や切り傷ができているのもかまわずに……。エイミーが眠って家が静まると、ベッドのわきにすわっていたお母さんがジョーを呼んで、傷だらけの手に包帯を巻いてくれた。

「ほんとうにだいじょうぶだと思う？」ジョーは、自分のしたことをくやみながら、エイミーの金髪を見つめて母にきいた。ひとつまちがえば、永久にこの子を失っていたかもしれない。

「ええ、だいじょうぶ。ケガはしていないし、かぜもひかずにすみそうよ。あなたたちがしっかりくるんで、おおいそぎでつれかえってくれたから」

「ぜんぶローリーがしてくれたの。あたしは、ただほったらかしただけ。もしこの子が死んだりしたら、あたしのせいだよ」ジョーはベッドのわきにひざまずいて、涙にくれた。「このひどいかんしゃくがいけないの。直そうとしてうまくいったかと思うと、もっとひどいかんしゃくを起こしちゃう。ああ、お母さん、どうすればいい？　どうすればいいの？」

「あきらめないことよ」お母さんは、ジョーのくしゃくしゃの頭を自分の肩にひきよせて、涙にぬれたほほにやさしくキスをした。ジョーは、いっそうはげしく泣きじゃくった。

「でもほんとうにひどいの。かっとなったら、なんでもしてしまいそう。ものすごく乱暴になって、人を傷つけてよろこんでしまいそう。きっといつかとんでもないことをしでかして、みんなからうらまれて、一生をだいなしにするんだ。ああ、お母さん、助けて。お願い」

「もちろんよ、ジョー。そんなに泣かないで。きょうのことをわすれずに、もう二度とくりかえさないと心の底からちかうの。人にはみんな弱点があるわ。あなたよりはるかにひどい弱点を持っている人だっているし、克服するのに一生かかる場合もある。あなたは自分が世界一気が短いと思っているでしょうけど、わたしだっておなじくらい短気だったのよ」

「ええっ？　だってお母さんはぜんぜん怒らないじゃない」

「直すのに四十年かかって、やっとおさえられるようになってきたところよ。今でも毎日、腹を立てているわ。ただ、それを表に出さないようになっただけ。できれば腹を立てずにすませたいけれど、それにはもう四十年かかるかもしれないわね」

「ねえ、お母さんが口をぎゅっとむすんで部屋から出ていくのは、怒ってるときなの？　マーチおばさんががみがみいったり、ほかの人が気にさわることをいったりしたときに」ジョーは、これまでにないほど母を身近に感じた。

「そうよ。不用意なことをいわないように、口をぎゅっとむすんでいるの。それでも思わず口走りそうになったら、その場をはなれて『どうしてそんなに弱いんだ』って自分をしかるわ」お母さんはジョーのくしゃくしゃの髪をなでつけながら、ため息まじりにほほえんだ。

「どうやって口をむすんでいられるようになったの？」

「母に助けてもらったのよ。でもあなたより少し大きくなったころ死に別れてしまったから、しばらくはひとりで苦労したわ。プライドが高くて、ほかに自分の弱みを打ちあけられる人がいなかったから。よく失敗しては、涙を流したものよ。そのあとお父さんとめぐりあったの。とても幸せで、しばらくは、ほがらかでいられた。けれどそのあと四人の娘たちが生まれて家が貧しくなると、また昔のなやみが顔を出したわ。わたしは根が短気なのね。あなたたちに必要なものを買ってあげられないのがつらくて」

「かわいそうなお母さん。そのあとはだれに助けてもらったの？」

「やっぱりお父さんよ。娘たちの手本になるようにと、根気よくはげましてくれた」

「あたし、お母さんの半分もいい人になれたら、満足だよ」

「あなたは、もっとずっとよくなれるわよ。でもそのためにはお父さんのいう『内なる敵』に気をつけないとね。きょうのことを教訓にして、かんしゃくをおさえるようにつとめましょう」

「うん、あたし、ほんとうにがんばる。だからお母さんも手伝って。そうだ、昔、よくお父さんがくちびるに指をあてて、やさしい顔でお母さんを見ていたよね。するとお母さんは口をぎゅっとむすんで、どこかにいってしまった。お父さんはああやって注意していたの？」

「そうよ。短気を起こしそうになったら助けて、ってお願いしてあったから。あのしぐさのおかげで、きつい言葉をいわずにすんだことが、どれだけあったか……」

お母さんは目に涙をうかべ、くちびるをふるわせた。

「あたし、よけいなこといっちゃった？　失礼なことをいうつもりじゃなかったの。でもお母さんになにもかも話せてよかった。とても気持ちが楽になったわ」

「ジョー、お母さんにはなにをいってもいいのよ。娘たちが気持ちを打ちあけてくれるのが、お母さんにとってはなによりもうれしいし、ほこらしいことなんだもの」

エイミーが、眠ったままもぞもぞ動いて、ため息をついた。ジョーは、これまでにないほどやさしい表情をうかべた。

「あたしは日がくれるまで怒りを持ちこして、エイミーをゆるそうとしなかった。きょうは、ローリーがいてくれなかったら、手おくれだった。どうしてそんなにいじわるだったんだろう」

ジョーはそうつぶやくと身をのりだして、まだしめっているエイミーの髪をそっとなでた。

するとその言葉がきこえたかのように、エイミーが目をさまして両手をさしのべた。エイミーの笑顔がジョーの心にしみわたる。ふたりは言葉もなくだきあって、心からのキスをかわした。そのとたん、すべてがゆるされ、水に流されたのだった。

9 メグの借り物のドレス

「運がいいわ。キングさんの子どもたちが、ちょうど今はしかにかかってくれるなんて」四月のある日、メグは外国旅行用の大きなトランクに荷物をつめながら、妹たちにいった。

「アニー・モファットが、約束をおぼえててくれてよかったね。二週間たっぷり楽しめるなんて、最高じゃない」ジョーは、長い腕を風車のようにまわして、スカートをたたんでいる。

「みんなでいければいいけどそれは無理だから、帰ってきたらたっぷりおみやげ話をするわね。みんながこんなにいろいろ貸してくれたり、準備を手伝ってくれたりしているんだから、せめてそれくらいしないと」メグは部屋のなかを見まわした。持っていく服はどれもかざりけのないものだが、娘たちの目には、非の打ち所がないように見えた。

「お母さんは、宝の箱からなにを出してくれたの？」エイミーがきいた。

「シルクの靴下がひと組と、きれいなすかし彫りの扇と、すてきなブルーのサッシュよ。ほんとうはスミレ色のシルクのドレスがよかったんだけど、仕立てなおすひまがなかったから、いつもの白いドレスでがまんするわ。宝箱のなかには、昔ふうのとてもすてきな真珠のアクセサリーもあったけれど、お母さんが、若い娘には生のお花がいちばんだっていうの。ローリーも花ならいくらでもおくるっていってくれたし。ええと、これが新しいグレーの散歩着でしょ。それからこれが教会や小さな集まり用のドレス。でもこの生地、春にしてはちょっと厚手じゃないかしら？ああ、やっぱりシルクのドレスがあればいいのに！」

「あの白いドレスがあれば、だいじょうぶよ。メグねえさん、白を着るといつも天使みたいだもの」エイミーは美しい服やアクセサリーをうっとりと見つめた。

「あれは、えりぐりがあさいし、すそもあまりひきずらないのよね。でもがまんするしかないわ。お母さんのくれたシルクの靴下と、新品の手袋がせめてものなぐさめね。ジョー、手袋をかしてくれてありがとう。新品がふた組もあるし、古いのも洗ってきれいにしたから、とてもゆたかでぜいたくな気分よ」メグは手袋の箱をのぞいた。「それにしてもドレスにほんもののレースをつけられるくらい幸せなご身分になれるのは、いつのことやら」

「メグねえさん、このあいだ、アニー・モファットのお宅にいけたら、それだけで幸せなのにっていっていたじゃない？」ベスが、静かな口調でいった。

「そういえばそうよね。たしかに幸せだわ。もうぐちは、やめなくちゃ。ほんとうに、持てば持つほどほしくなるものねえ。さあ、これで持ち物はそろったし、あとは舞踏会用のドレスをお母さんにたのんでしまってもらうだけね」メグは、何度もつくろったりアイロンをかけたりした白いドレスを見やった。メグはこれをうやうやしく「舞踏会用のドレス」と呼んでいる。

翌日はいい天気だった。メグはおめかしをして、目新しく、楽しい二週間をすごしに出かけた。マーチ夫人は、この休暇にもろ手をあげて賛成したわけではない。メグがこれまで以上に、自分の生活を物足りなく思うようになるのではと心配だったからだ。けれどもメグがどうしてもいかせてほしいとせっつくし、サリーもかならずめんどうを見ますと約束してくれた。それに冬のあいだじゅうめんどうな仕事をつづけたメグに、少しは楽しみを味わわせて息ぬきさせてやりたいという気持ちもあった。それでマーチ夫人もついに承知し、メグは生まれてはじめて上流階級のくらしを体験しに出かけたのだ。

モファット家のくらしぶりはほんとうに上流そのもので、純朴なメグは、はじめ、すっかりけおされてしまった。屋敷はたいそうぜいたくだし、家族も優美に着かざっている。でも派手なくらしをしていても根は親切な人たちなので、まもなくくつろげるようになった。おそらくメグは心のどこかで、モファット家の人たちがとりたてて知性や教養にあふれているわけではなく、きらびやかなかっこうをしていても、ごくふつうの人たちなのだということを感じとったのだろう。

とはいえ、ごうかなくらしはやっぱりいいものだ。美しい馬車にのり、毎日きれいなドレスを着て、くる日もくる日も楽しくすごす。まさに望むところだった。メグはすぐに周囲の人たちのまねをして、少し気どった、上品なふるまいをしたり、会話にフランス語をまぜたり、髪の毛をカールしたり、ドレスのウエストをつめたり、流行の話に精を出したりするようになった。そしてアニー・モファットのすてきな持ち物を見るたびにため息をつくのだった。

もっとも、ぐちをこぼしているひまなどなかった。メグもアニーもサリーも、遊ぶのでおおいそがしだったからだ。買い物、散歩、馬車での遠出、友人たちとの交流。夜にはオペラやお芝居にいったし、自宅でのもてなしも盛んだった。アニーの父親のモファット氏はでっぷりとした陽気な紳士で、メグの父とも知り合いだった。母親のモファット夫人もでっぷりとした陽気な女の人で、アニーと同様、メグのことをとても気に入ってくれた。モファット家の人たちに、本名のマーガレットと同じく花の名前で「デイジー」と呼ばれて、メグはすっかり浮かれていた。

ところが「ささやかなパーティー」の夜がくると、メグは、あの白いドレスではまるで物足りないことを思いしらされた。ほかの女の子たちは、みんな薄物のドレスで美しくよそおっている。サリーのはなやかな新品のドレスのとなりに立つと、白いドレスがこれまで以上によれよれで、古びて、貧乏くさく感じられた。メグは、みんながこちらをちらりと見てから、たがいに顔を見かわすのに気づいて、ほほがかっと熱くなった。メグは、気立てはやさしいけれど、ほこり高い娘だ。みんながドレスのことはひとこともいわずにメグの髪を結ったり、サッシュをむすんだりしてくれるのが、貧しさに対するあわれみとしか思えなかった。

そのときメイドが箱に入った花束を持ってきた。メイドの説明をきかずにアニーがさっとふたをあけると、美しいバラや、ヒースや、シダが出てきて、みんながわあっと声をあげた。

「マーチお嬢さまにとのことです。お手紙もございます」メイドが手紙をさしだした。

「まあ、すてき！　だれからなの？　あなたに恋人がいるなんて知らなかったわ」娘たちはびっくりしてメグをとりかこみ、興味しんしんでたずねた。

「手紙は母からよ。お花はローリーから」メグはそれだけいったが、内心、ローリーがわすれずにいてくれたことが、とてもうれしかった。

すっかり元気になったメグは、バラとシダを数本自分用にとりわけると、残りの花を手ばやく小分けにして、胸や髪やスカートにかざるすてきなブーケにまとめた。それをとても愛らしいしぐさでみんなに配ったので、アニーの姉のクララなどは「こんなかわいい方、はじめてよ」と感心するほどだった。

ちょっとした親切心を発揮したら、メグのもやもやはすっかり晴れた。ほかのみんながモファット夫人にドレス姿をひろうしにいっているうちに、メグは目をかがやかせながら幸せな気持ちで鏡をのぞき、波打つ髪にシダをかざって、バラをドレスにぬいつけた。もう先ほどのようにみすぼらしくは感じられなかった。

その晩、メグはとても楽しくすごした。思いきりおどったし、みんながやさしくしてくれたし、三人の人からほめてもらった。まず、アニーにすすめられてうたったら、だれかがすばらしい声だねといってくれたし、リンカーン少佐は「あの美しい目をした、愛らしいお嬢さんはだれだい？」と人にたずねた。モファット氏からは、ぜひにとダンスにさそわれて「のそのそしていなくて、とびはねるようにおどるのがいいですね」といってもらった。

こうしてたいそうゆかいにすごしていたのに、このあと、とある会話を立ちぎきしたために、メグは、ひどく心乱されることになってしまった。温室に入ってすぐのところでいすに腰かけ、ダンスの相手がアイスクリームを持ってきてくれるのを待っていたときのことだ。びっしりと咲きみだれる花の向こうからこんな会話がきこえてきた。

「彼って、いくつなの？」

「十六か十七じゃないかしらね」

「あの姉妹のひとりが、玉の輿にのるっていうことでしょ。サリーによれば、両家はずいぶん仲よくしているそうよ。あそこのおじいさまも、娘さんたちにめろめろなんですって」

「M夫人も、きっといろいろ思惑があるんでしょう。あの子は、まだそんなこと考えてもいないようだけれど」これはモファット夫人の声だ。

「手紙はお母さんから、なんてごまかしていたけど、花がとどいたら、あの子、かわいらしく真っ赤になっていたじゃない。それにしてもかわいそうに。まともなドレスを着れば、ずいぶん見ばえがするでしょうに。木曜日のパーティー用にドレスをかしてあげるといったら、気を悪くするかしら?」

パーティーが終わったとき、メグは心からほっとした。静かな部屋にひきあげると、頭のなかをさまざまな考えがかけめぐり、ふつふつと怒りがこみあげてきた。頭がずきずきし、ほてったほほを涙がぬらす。悪気はなくてもくだらない言葉をきいて、メグは今まで知らなかった世界を目の前につきつけられたような気がした。さっきまで小さな子どものように幸せにくらしてきた、古くておだやかな世界が、おおいにかきみだされてしまった。

メグは友人たちに対して腹立たしく思うやら、その場で声をあげて誤解を正せなかった自分をはずかしく思うやらで、寝つけぬまま夜をすごした。翌朝はだれもがだらだらし、昼すぎになってからようやくみんなで集まって編み物をはじめた。すると、アニーの姉のベルがいった。

「ねえ、デイジー、わたし木曜日のパーティーに、あなたのお友だちのローレンスさんをご招待したの。わたしたちもお近づきになりたいし、あなたに対する礼儀でもありますもの」

メグはぱっと赤くなったが、ふといたずら心が起きて、まじめな顔でいった。

「まあ、ご親切にありがとうございます。でもあの方は、いらっしゃらないと思うわ」

「あら、どうして？」

「だって、お年ですもの」

「まあ、あなたったら！　若いほうのローレンスさんに決まってるでしょ！」ベルは笑った。

「ところで、あなた、木曜日にはなにを着るつもり？」サリーがたずねた。

「いつもの白いドレスよ。きのうの晩、ちょっとやぶれてしまったから、つくろわなくちゃならないけど」メグは、なにげない口調でいったが、内心、とてもどぎまぎしていた。

「おうちからべつのドレスを送ってもらえばいいじゃない」気のきかないサリーがいう。

「ほかのドレスなんて、ないのよ」メグは、つらい気持ちをかくしていったが、サリーにはぴんとこなかったらしく、むじゃきにおどろいてさけんだ。

「えっ、あれ一着しかないの？　変わってる――」けれど、いいおえないうちにベルが首をふってたしなめ、メグに向かってやさしい口調でいった。

「気にしないで。社交界デビューするわけでもないのに、そんなにドレスばかりあってもしかたないわ。ねえ、わたし、もう着られなくなってしまった、とてもすてきなブルーのシルクのドレスをとってあるんだけど、わたしをよろこばせるためだと思って、着てくださらない？」

「まあ、ありがとうございます。でもわたしみたいな子どもには、あの古いのでじゅうぶんです」

「そんなこといわずにお手伝いさせて。少し手を加えたら、あなた、ちょっとした美人になるわよ。ぜんぶしたくがととのうまで秘密にしておいて、シンデレラと妖精のおばあさんみたいに、いきなり登場してみんなをびっくりさせましょうよ」

そこまでいわれては、ことわれない。それに、手を加えたらほんとうに「ちょっとした美人」になるのかどうか、見てみたい気持ちもあった。メグは、モファット家の人たちに対するいきどおりもわすれて、ベルの申し出を受けいれた。

木曜日の晩、ベルはメイドとともに部屋にこもって、メグをりっぱなレディーに仕立てることに精を出した。髪をカールし、うなじと腕に香りのいいおしろいをはたき、くちびるにはサンゴ色の口紅をさした。それからコルセットをぎゅっとしめて、ブルーのドレスを着せた。あんまりきつくて、メグは息をするのもやっとというありさまだ。おまけにえりぐりが深すぎて、鏡を見たとたんに顔が赤らむほど。そこに銀のアクセサリーをひと組とブレスレットとネックレスをつけ、イヤリングはメイドのホーテンスが、目立たないピンク色の絹糸でむすびつけてくれた。胸もとには、バラのつぼみとレースのひだかざりをあしらったので、美しい白い肩がのぞいていても、もうあまり気にならない。最後にメグがずっとあこがれていた青いシルクのハイヒールをはき、レースのハンカチと羽根扇、それに銀のホルダーに入れたブーケを手に持って、ついにしたくができあがった。ベルは、まるで着せかえ人形を見つめる少女のようなまなざしで、満足そうにメグをながめた。

「さあ、みんなに見せにいきましょう」ベルが、みんなの待つ部屋へとメグをみちびいた。

メグが長いスカートをひきずりながら歩いていくと、イヤリングがチリンチリンと鳴り、巻き毛がはずみ、胸ははげしく高鳴った。いよいよほんとうの楽しみがはじまるのだわ、とメグは思った。鏡をのぞくと、たしかに「ちょっとした美人」がいる。

ころばないよう気をつけながら、メグはぶじに階段をおりて、しずしずと広間に入っていった。美しい服をまとうと、ある種の人たちが寄ってくるということにメグは気がついた。先日はメグに鼻もひっかけなかった娘たちが、きゅうに集まってきてちやほやするし、やはり先日はじろじろながめるだけだった若い男たちが、きょうはぜひ紹介してほしいといってきて、たあいのない、でも耳に心地よいお世辞をならべたてる。

扇をはためかせながら、若い男のおもしろくもない冗談に笑っているとき、メグはきゅうに笑うのをやめて気まずい顔になった。部屋の向こうにローリーがいて、おどろきと非難の色をかくそうともせずに、こちらを見つめている。一礼して笑みを浮かべたものの、あきらかにあきれているようすだ。メグは顔を赤らめ、古いドレスを着てくればよかったと後悔したが、すぐに気をとりなおしてローリーに歩みより、思いきり大人っぽい口調でいった。

「きてくださってありがとう。いらっしゃらないかと思ったわ」

「ジョーから偵察をたのまれたんです」ローリーは、目をそらしたまま答えた。

「なんて伝えるおつもり？」

「あんまり大人びていて、だれだかわからなかったと伝えますよ」

「ばかね！　みんなが楽しんでドレスアップさせてくれただけなのに。気に入らないの？」

「気に入りませんね。派手派手しいのは好きじゃない」ローリーがぴしゃりといった。

年下のローリーにいわれて、メグはむかっ腹を立てた。

「こんな失礼な人、見たことないわ」メグは、つんとして歩みさった。

むしゃくしゃしたまま窓辺にたたずんでいると、リンカーン少佐が通りすぎた。少しあとから、少佐が母親に向かってこういう声がきこえてきた。

「みんな、あのお嬢さんをおもちゃにしているな。お母さんに見てほしかったのに、あれじゃあただの着せかえ人形だ」

メグは思わずため息をついた。

「ああ、もっとよく考えて、古いドレスを着てくればよかった。そうすれば、こんなに人からあきれられたり、自分を恥じたりしなくてすんだのに」

冷たい窓ガラスにひたいを押しつけ、カーテンに半分かくれて、大好きなワルツをやりすごしていると、だれかに肩をたたかれた。ローリーだ。ローリーは、うやうやしくおじぎをして、片手をさしだした。

「さっきは失礼なことをいって、ごめんなさい。どうかぼくとおどってください」

「だって、わたしがきらいなんでしょう」メグはすねてみせたが、うれしさはかくせない。

「そんなことはありませんよ。ドレスはきらいだけど、あなたはとってもすてきです」

ふたりは優美に、軽やかにおどりはじめた。いつも家でおどっているので、息はぴったりだ。若いふたりが、くるくるとほがらかにおどるさまは、目にも楽しい光景だった。

「ねえローリー、お願いがあるの」ダンスを終えて息を切らしながら、メグはいった。「うちの人たちに、ドレスのことをいわないで。わたしが自分で話すから」

「わかった。でも、ようすをきかれたらなんて答えればいい？」

「元気そうだった、楽しくやってるみたいだったって」

「最初のほうはいいけど、二番めはどうかな。あまり楽しそうには見えないけど」

「今はね。こういうドレスを着てみたかったんだけど、もういやになってきちゃった」

そういいながらもメグは、モファット家の長男にさそわれると、おどりにいってしまった。

つぎにローリーがメグと言葉をかわしたのは、食事どきだった。メグは、ちゃらちゃらした若者たちといっしょにはしゃいでいる。ローリーは、メグの耳もとでささやいた。

「あんまりはしゃぐと、あした反動がくるよ、メグ。お母さんだってきっとよろこばない」

「今夜はメグじゃないの。ただのお人形さん。だからなんでもやらかすのよ。あしたになったら『派手派手しい』服はぬいで、おりこうなメグにもどりますよーだ」

翌日、メグは一日中ぐったりして起きられなかった。その翌日の土曜日に家に帰ったが、二週間遊びまくってくたくたになり、もうぜいたくはたくさんという気分だった。

「やっぱりうちはいいわね。はなやかじゃないけど静かだし、四六時中よそゆきの顔をしていなくてもいいし」夜、メグがほっとした顔であたりを見まわすと、お母さんがいった。

「そういってくれてよかったわ。うちがつまらなくなるんじゃないかと心配していたのよ」

メグは、モファット家でのできごとを話し、ほんとうに楽しかったとくりかえしたが、母の目には、なにかが心にひっかかっているように見えた。下のふたりが寝て、ジョーと母と三人になると、メグがきゅうに席を立って母のもとへきた。

「お母さん、話しておきたいことがあるの」

「やっぱり。そうじゃないかと思ったわ」

「すてきなドレスを着せてもらった話はしたけど、じつはそのときお化粧したり、コルセットをつけたり、髪をカールしてもらったりもしたの。まるでファッションカタログのように。ローリーは、はしたないと思ったみたい。いわなかったけど、そう思ってるのはわかったわ」

「それだけ？」ジョーがうながす。

「ううん。それからうんとはしゃいで、ちゃらちゃらとばかなふるまいをしたわ」

「もっとなにか、ありそうね」マーチ夫人が、メグのやわらかいほほをなでた。

「ええ……つまらないことなんだけど、やっぱり話しておきたくて。うちとローリーの関係をへんなふうにかんぐられるのはいやだったから」

メグは、モファット家で耳にしたうわさを話してきかせた。ジョーは、母が口をぎゅっとむすぶのに気がついた。メグの無垢な心にそんな考えが吹きこまれたことに、腹を立てているようだ。

「なにそれ。そんなくだらない話、きいたこともないよ」ジョーは、声をあらげた。「ねえさん、その場でとびだしていって、『くだらん』っていってやればよかったのに」

「いえなかったの。思わずきいてしまって、そのうち腹が立つやら、はずかしいやらで」

「そんなばかばかしい話は、すぐにわすれてしまいなさい」母がきっぱりといった。「よく知らない人のところへあなたをいかせたのは、まちがいだったわ。あなたに悪い影響があったら、くやんでもくやみきれない」

「心配しないで。わたし影響されないようにするから。悪いことはわすれて、いいことだけおぼえているようにする。ほんとうに楽しかったのよ。いかせてくれて心から感謝してる。ばかな娘だということがわかったから、ちゃんとひとりだちできるようになるまでは、お母さんのもとをはなれません。でも、ほめられたり、ちやほやされたりするのって、うれしいものね。わたし、やっぱりそういうことが好きみたい」メグは、はずかしそうにいった。

「それはごく自然なことよ、メグ。自分にふさわしいほめ言葉を、よく見きわめてね」

ジョーは、メグが二週間のうちにずいぶん大人になってしまったような気がして、とまどっていた。自分の手のとどかない世界へ、メグが遠ざかっていくような気がする。

「ねえ、モファット夫人がいうように、お母さんには思惑があるの？」メグがきいた。

「ええ、いろいろあるわよ。母親はみんなそう。でもわたしの思惑は、モファット夫人が考えているのとは、ちがうような気がするわ。わたしは娘たちに美しくて、りっぱな人になってほしいし、愛されて、いい結婚をしてほしいと思っている。でもお金持ちと結婚してほしいとか、すごいお屋敷を持っている相手と結婚してほしいなんて思わないの。お金は必要だし、大切なものだけれど、それがいちばん大切なわけじゃないわ」

「貧しい家の娘は、がつがつしなきゃ結婚できないってベルはいうの」メグはため息をついた。

「だったら一生独身でけっこう」ジョーがきっぱりいった。

「ジョーのいうとおりよ。不幸な結婚をしたり、娘時代から夫さがしに明けくれたりするくらいなら、ひとり身で幸せにくらしたほうがずっとまし。でも心配しないで。ほんとうに愛するに足る、すばらしい人は、ほうっておかれないから。やきもきせずに、まずはこの家を幸せな場所にしていきましょう。それからね、お母さんはいつでも相談にのるし、お父さんはいつでもあなたがたの味方よ。結婚しようと、ひとり身だろうと、娘たちはわたしたちのほこりであり、なぐさめなんですもの。わすれないでね」

「わすれないわ、お母さん！」ふたりは声をそろえていった。

10 ピクウィック・クラブ

春がくると、新しい楽しみが生まれる。花だんをととのえて、ひとりひとりがその四分の一を受けもち、自分の好きな花を育てるのもそのひとつだ。ハンナが「遠くからでもひと目見れば、だれの花だんだか、ようわかります」というように、花だんは四人の人となりをよく表していた。メグの花だんには、バラやヘリオトロープ、銀梅花、それに小さなオレンジの木が植わっていた。ジョーはいろいろためすのが好きなので、二年つづけて同じ花を咲かせることがない。今年は元気のいいヒマワリを植えて、種がとれたら「コッコおばさん」と、そのヒヨコたちにやるつもりだ。ベスは昔ながらの香りのよい花を植えていた。スイートピー、モクセイソウ、ヒエンソウ、ナデシコ、パンジー、ニガヨモギ。鳥のエサにするハコベや、ネコの好きなイヌハッカもある。エイミーの花だんには、あずまやがあった。小さくてハサミ虫もいるけれど、スイカズラとアサガオが花をさかせると、たくさんの花輪のように重なりあってあずまやの表面をおおいつくし、たいそう美しい。ほかにもシラユリやシダなど、見ばえのする草花がたくさん植わっている。

天気のいい日には、姉妹は、庭仕事だけでなく散歩をしたり、川で舟遊びをしたり、花をつんだりする。そして雨の日には家のなかで、自分たちで考えた遊びをしてすごした。

そのひとつが、秘密結社「ピクウィック・クラブ」だ。四人ともディケンズの小説が大好きなので、『ピクウィック・ペーパーズ』という作品にちなんで名前をつけ、一年ほど前からほぼ毎週、土曜日の夜に屋根裏部屋で集会をひらいている。テーブルの前にいすを三つならべ、テーブルにはランプと、白地に各自がちがう色で「ＰＣ」と書いた会員バッジ、それに『ピクウィック週報』という新聞を置く。めいめいが記事を書き、ジョーがとりまとめてつくった新聞だ。

長女のメグは、会長のサミュエル・ピクウィックに扮していた。ジョーは、文学好きのオーガスタス・スノドグラス。ほほがふっくらとバラ色のベスは、トレーシー・タップマン。できもしないことばかりやろうとするエイミーは、ナサニエル・ウィンクルだ。

会合では、ピクウィック会長が、物語や、詩、地元のニュース、ゆかいな広告などでいっぱいの週報を読みあげる。五月二十日号には、ピクウィック会長作の恋物語や、タップマン氏作の童話のほか、ピクウィック会長が階段からころげおちた事故のニュースや、姿を消したネコをいたむスノドグラス氏の詩などが掲載されていた。

ピクウィック会長が週報を読み終えると、会員たちからさかんな拍手がわきあがった。するとスノドグラス氏が立ちあがって、動議を出した。

「会長、ならびに紳士諸君、本日は新会員の推薦をおこないたいと思います。本会の一員となるにふさわしい人物で、入会をゆるされたあかつきには、おおいに感謝してくれるでしょう。また会をもりあげ、週報の文学的価値を高めるとともに、つねに明るくゆかいにふるまってくれることは、うけあいです。わたしはここに、セオドア・ローレンスくんをピクウィック・クラブの特別会員として加えることを提案いたします。ねえ、いいでしょ、入れてあげようよ」

ジョーの口調がいきなり変わったので、みんなはどっと笑いながらも、どうする？と顔を見あわせた。しばらくはだれもしゃべらなかった。

「では採決しましょう」会長がいった。「賛成の諸君は、『賛成』と声をあげてください」

スノドグラス氏が大声で賛成したあと、ベスがおずおずと賛成したので、みんなびっくりした。

「つぎに、反対の諸君は『反対』と声をあげてください」

メグとエイミーは反対だった。ウィンクル氏、すなわちエイミーは立ちあがって、上品に反論した。「男の子はふざけたり、とびはねたりするだけだから、入れたくありません。女性だけのクラブとして、きちんとつづけたほうがいいと思います」

「彼は、わたしたちの新聞を笑いとばして、からかったりするのではないでしょうか」ピクウィック会長が、前髪のカールをひっぱりながらいった。なやんでいるときのくせだ。

するとスノドグラス氏が、いきおいよく立ちあがった。

「会長、紳士としてちかいますが、ローリーはそんな人ではありません。彼は書くことが好きですから、われわれの新聞をひと味ちがったものにし、かつ甘ったるくならないよう気をつけてくれるはずです。それにいつもお世話になっているのにちっともお返しできないんだから、せめてここに席をつくって、歓迎しようじゃありませんか」

スノドグラス氏の熱弁にさそわれて、タップマン氏、すなわちベスも立ちあがった。

「そうです、ちょっとぐらい心配でも、入れてあげるべきです。それからええと、おじいさまも、もしいらっしゃりたかったら入れてあげればいいと思います」

ベスの応援演説にみんながわき、ジョーは席を立って握手しにいった。「じゃあもう一度採決しようよ。いい、みんな、相手はローリーなんだから、ちゃんと賛成してよ！」

「賛成！」「賛成！」「賛成！」三人が声を合わせてさけんだ。

「よかった。ではさっそく新会員をご紹介しましょう！」ジョーが戸棚のとびらをぱっとあけると、なんとローリーが古着の袋に腰かけて、笑いをこらえているではないか。

「まあ、ジョーったら！」「裏切り者！」「どういうこと？」三人が口々にさけぶなか、スノドグラス氏は意気揚々とローリーをひっぱりだして、いすとバッジをプレゼントした。

「きみたちいたずら者ふたりの、あつかましいことといったら」ピクウィック会長は、しかめ面をしようとしながらも、ついにっこりほほえんでしまった。ローリーが立ちあがって、うやうやしくあいさつをした。

「会長、ならびに淑女――いや、失礼、紳士諸君。わたくしは、ピクウィック・クラブの使用人、サム・ウェラーと申します。わたくしをりっぱな人物と持ちあげ、入会させてくれた友人には、なんの罪もございません。すべてはわたくしがくわだて、たのみこんだことです」

「ぜんぶひとりでしょいこむなよ。戸棚を思いついたのはわたしじゃないか」とスノドグラス氏。

「今の話は気にしないでください、みなさん。とにかくわたくしのしわざなんです。これからはこのすばらしいクラブのために、誠心誠意つくすつもりです」

「いいぞ、いいぞ！」ジョーが、あんかのふたをシンバルみたいに打ちならした。

「そこで感謝のしるしとして、また隣国同士の友好を深める手だてとして、庭のすみの生け垣のなかに郵便局をもうけました。もともとはツバメの巣箱でしたが、とびらをふさいで、かわりに屋根がひらくようにしたので、ありとあらゆるものを入れられますし、時間の節約にもなります。手紙、原稿、本、小包など、なんでも入れてかまいません。各国にひとつずつ鍵もあります。これをおわたししておきましょう」

　ウェラー氏がテーブルに小さな鍵を置くと、大きな拍手が起こり、あんかがふりまわされて、ジャンジャン音を立てた。

　郵便局は大盛況で、ありとあらゆるものが行き交った。悲劇の本と男物のスカーフ、詩の本とピクルス、花の種と長い手紙、楽譜とショウガパン、それにゴム靴や、招待状、お小言の手紙、そして子犬まで。ローレンス老人も気に入って、おかしな小包や、謎の手紙や、ゆかいな電報を送ってよこした。ローレンス家の庭師がハンナにほれてしまって、ジョー気付でほんもののラブレターを送ってきたこともあった。秘密が明るみに出たとき、みんながどれだけ大笑いしたことか。でもしばらくしてから、いくつものラブレターがこの小さな郵便局に託されることになろうとは、だれも夢にも思わなかった。

11 実験

「ああ、やっと六月一日！　キングさん一家はあしたから海辺へいくの。わたしは自由の身よ。三か月の夏休み——どうやって楽しもうかしら」メグがさけんだ。暑い一日だった。仕事から帰ると、ジョーがいつになくぐったりとソファに寝そべって、ほこりまみれのブーツをベスにぬがせてもらっていた。エイミーが、みんなのためにレモネードをつくっている。

「マーチおばさんは、きょう海辺にいったんだ。ああ、よかった！」ジョーもいった。「いっしょにおいでっていわれるんじゃないかと、ひやひやものだったよ。いわれたらことわれないもん。とにかくばたばたおおいそぎで、おばさんを送りだすしたくをしたんだけど、話しかけられるたびにどきどきしちゃった。やっとこさ馬車にのせて動きだしたら、最後にまたどっきり。おばさんが窓から顔をだして、『ジョセフィン、あんた——』っていいだすんだもの。もう、最後まできかずにとっとと逃げだして、走りに走ったよ。角を曲がったときには、ほっとしたあ」

「かわいそうなジョー。まるでクマに追いかけられてるみたいな顔で帰ってきたのよ」ベスが、お母さんのようにやさしくジョーの足をなでた。

「ねえ、みんな、お休みにはなにをするの？」エイミーがきいた。

「わたしは寝ぼうして、ただごろごろしていたいわ」メグは、ゆりいすにしずみこんだ。「冬じゅう毎朝早起きして、人のために働いていたから、今はゆっくり休んで、羽をのばしたいの」

「ふうん、あたしは、ごろごろするのは性に合わないな」ジョーがいった。「積ん読の本がたくさんあるから、リンゴの木の上のお気に入りの場所で読書するよ」

「ねえ、ベス、わたしたちもしばらく勉強をお休みして、遊びましょうよ。ねえさんたちみたいに」エイミーがいった。

「そうね、お母さんがいいっていえば。あたしも新しい曲を練習したいし、お人形たちの夏服もつくってあげなくちゃ」

「ねえ、お休みしてもいい、お母さん？」メグが、「お母さんの場所」でぬいものをしているマーチ夫人にきいた。

「そうね、一週間実験してごらんなさい。土曜日の夜がくるころには、きっと遊びづめでいるのも、働きづめと同じぐらい、つらいものだと思うようになるから」

「まさか！　きっと、とっても楽しいわ」メグが、うきうきしながらいった。

「じゃあみんなで乾杯しよう。よく遊び、よく遊べ、仕事はなし！　かんぱーい！」ジョーが、レモネードのグラスを高々とあげた。

みんなはわいわいとレモネードを飲みほし、手はじめに、もうその場でのんびりしはじめた。

翌朝、メグは十時になってやっと起きてきた。ひとりで朝食を食べたが、あまりおいしくない。部屋がさびしいうえに、なんだか雑然としているのだ。ジョーは花びんに花をさしていないし、ベスはそうじをしていない。エイミーの本もあちこちに散らばっている。いつものようにきちんとしているのは「お母さんの場所」だけで、メグはそこにすわって「のんびりと読書」しようと思ったが、その実、ただあくびをしながら、お給料でどんな夏服を買おうかしらと思いをはせるばかりだった。

ジョーは、午前中、ローリーといっしょに舟遊びをし、午後はリンゴの木にのぼって、ウェザレルの『エレン物語』という小説を読みながら、ぼろぼろ涙を流した。ベスは、お人形の一家がしまってある大きな戸棚をかきまわして、なにもかもひっぱりだしたものの、とちゅうであきてしまって、散らかしたままピアノの練習をはじめた。皿洗いをしなくてもいいのが、なんともうれしかった。エイミーは、あずまやの手入れをしてから、お気に入りの白いワンピースに着がえ、髪をとかして、スイカズラの花の下で写生をはじめた。だれかが通りかかって、「あの若い絵描きさんはだれ？」などときいてくれないかと思ったのだが、絵をのぞきにきたのは、うるさいガガンボが一匹だけ。しかたなく散歩に出かけたら夕立にふられ、ずぶぬれになって帰ってきた。

メグは午後から買い物に出かけて、すてきなブルーの生地を手に入れた。ところが、はさみを入れてから洗濯できない生地だということに気づいて、ふきげんになった。ジョーは、舟遊びで鼻の頭が日焼けしたばかりか、本を読みすぎて頭がずきずきしてきた。ベスは、戸棚がとっちらかっているうえに、新しい曲を三、四曲一度におぼえるのがむずかしくて、心を痛めていた。エイミーは、白いワンピースをだめにしたことをひどく後悔した。あすのパーティーに着ていく服が、一着もなくなってしまったからだ。

それでもみんなお母さんに、実験はうまくいっていますと報告した。お母さんはなにもいわずににっこりして、ハンナとともに、娘たちのほうりだした仕事を片づけていった。こうして家のなかを気持ちよく保ち、家事をきちんとまわしつづけてくれたのだ。

それにしても、休んで羽をのばすだけでこんなにもすべてがおかしくなり、調子がくるってしまうなんて、おどろきだった。メグは時間をもてあましていたので、服を流行の形に仕立てなおそうと、チョキチョキ切りすぎてだめにしてしまった。ジョーは本を読みすぎて目が痛くなり、いらいらして、やさしいローリーとケンカしてしまった。

だれも実験にあきあきしたことをみとめようとはしなかったけれど、金曜日の夜には、ようやく一週間が終わるのだと内心ほっとしていた。ところでマーチ夫人は、じつはなかなか茶目っ気のある人だった。そこで娘たちの心に教訓がくっきりきざまれるよう、ハンナに一日ひまをやって、遊びづめの影響を知らしめることにした。

土曜日の朝、みんなが起きてみると、台所には火の気がなく、食堂には朝食が用意されていなかった。それればかりか、母の姿もどこにもない。

「いやだ、どうしたんだろう？」ジョーはうろたえて、あたりをきょろきょろ見まわした。

メグが二階にかけあがっていって、まもなく、ほっとしたような、こまったような、少しばつの悪そうな顔をしてもどってきた。

「お母さんは、具合が悪いわけじゃないけど、とてもつかれているから、きょうは一日お部屋でじっとしていたいそうよ。みんなでおうちのことをしなさいって。なんだかようすがおかしくてちっともお母さんらしくないんだけど、とにかく今週はたいへんだったから、文句をいわずに自分たちでなんとかするようにっていわれたわ」

「なあんだ、そんなのお安いご用だよ。それにおもしろそう。なにかやりたくて、うずうずしていたところだもん、新しいお楽しみはないかなと思って」ジョーがいった。

じつをいえば、みんなも、やることができて心からほっとしていた。そこでベスとエイミーがテーブルのしたくをし、メグとジョーは朝食の準備にとりかかった。

「お母さんにも持っていってあげないとね。自分でやるから気にしなくていいといっていたけど」メグは、お茶をわかしながら、母親気どりでいった。

そこでまずはお母さんの分をトレイにのせ、ジョーが二階に持っていった。ところがお茶は苦いし、オムレツは黒こげだし、ビスケットにはふくらし粉のかたまりがブツブツまざっている。それでもマーチ夫人はありがとうとトレイを受けとり、ジョーが出ていってから大笑いした。

「かわいそうに、あの子たち、きょうはたいへんな思いをしそうね。でも、きっとためになるわ」マーチ夫人は、あらかじめ用意しておいたおいしい食べ物をとりだして、できそこないの朝食は、娘たちを悲しませないよう、こっそり始末してしまった。

階下でもこの朝食には苦情が殺到して、料理長のメグは、くやしさをかみしめた。

「気にするなって。昼食のごちそうはあたしがつくるから。ねえさんは主人役をつとめて、お客さんの相手をしたり、指図したりしてくれればいいよ」ジョーはそういったものの、台所仕事にかけては、ジョーはメグよりさらにあやしい。

メグはこの申し出をよろこんで受けいれることにして、自分は手ばやく居間を片づけた。ごみをささっとソファの下にはきいれ、ほこりが目立たないようブラインドをしめる。

一方、ジョーは自信満々で、この機会にケンカのうめあわせをしようと、ローリーへの招待状を書いて、「郵便局」のポストに入れた。

「人を招待するんだったら、先になにがつくれるか、たしかめておいたほうがいいわよ」メグが、ジョーの心あたたかい、でも向こう見ずな計画をきいて、たしなめた。

「へいきへいき。コーンビーフがあるし、ジャガイモもたくさんあるし。つけあわせにアスパラガスとロブスターを出すのもいいね。あとはレタスのサラダ。つくりかたは知らないけど、本を見ればいいでしょ。デザートはブラマンジェとイチゴ。大人っぽくコーヒーを出してもいいな」

「あんまり一度になにもかもやらないほうがいいわよ、ジョー。あなた、ショウガパンと糖蜜キャンディーぐらいしかつくれないでしょう。お母さんにもちゃんとおゆるしをもらってね」

「わかってるよ。バカじゃないんだから」

ジョーは、自分の腕にケチをつけられたような気持ちで、ぷんぷんしながら二階にいった。ところが母の言葉をきいて仰天した。

「好きなものを買っていいから、いちいちわずらわせないでちょうだい。わたしは昼食会にいくから家のことにはかまっていられないの。もともと家事は好きではないし、きょうはお休みをとったんですもの。読書したり、手紙を書いたり、友だちをたずねたりして、骨休めするつもりよ」

いつもいそがしく立ちはたらいている母が、朝からゆったりゆりいすにすわって本を読んでいるのを見たら、なんだか天変地異でも起こったような気がした。日食や、地震や、火山の噴火に出会っても、これほど落ちつかない気持ちにはならないだろう。

「なにもかもがおかしいよ」ジョーはぶつぶついいながら階段をおりていった。「あれっ、おまけにベスが泣いてる。どうしたんだろう」

あわてて居間にいってみると、ベスがカナリアのピップを両手でつつみこんで、泣きじゃくっていた。ピップは、エサをもらえずに鳥かごのなかで死んでしまったのだ。

「あたしがいけないの――ピップのことをわすれて、エサのひとつぶも、水の一滴も残ってなかったの。ああ、ピップ、ピップ、あたし、どうしてこんなひどいことをしちゃったのかしら」

ジョーは、ピップの小さな胸に手をふれて、冷たくこわばっていることをたしかめると、首をふって、ドミノの箱をひつぎ用にベスにあげた。

「あたし、もう二度と小鳥を飼わない。ごめんね、ピップ。あたしに、小鳥を飼う資格はないわ」

床にすわりこんでいるベスをみんなにまかせて、ジョーは台所へ向かった。大きなエプロンをかけて仕事にとりかかろうとしたら、かまどの火が消えかかっている。

「こりゃあ前途多難だね」ジョーはオーブンのとびらをあけて、残り火をつっつきまわした。
どうにかかまた火をおこすと、ジョーは、お湯をわかしているあいだに買い物にいくことにした。外を歩いているうちにだいぶ元気になり、市場では値切って安い買い物をしたので、なおさら気分がよくなった。若くて小さいロブスターと、とうのたったアスパラガス、それにおそろしくすっぱいイチゴをふた箱買って、ジョーは帰宅した。
帰ってみると、かまどの上にパン生地がほったらかされていることに気がついた。ハンナがしこみ、メグが朝はやくねりあげて、もう一度発酵させているうちにわすれてしまったのだ。
メグが居間でサリー・ガードナーのお相手を

していると、いきなりドアがバンとあいて、真っ赤な顔を粉まみれにし、髪もくしゃくしゃになったお化けが飛びこんできた。

「ねえ、パン生地がなべのふちからあふれてたら、もうじゅうぶん発酵したってことだよね？」

お化けがぶっきらぼうにきいた。

サリーは笑いだし、メグはうなずいてから思いきり眉をつりあげてみせた。お化けはそそくさと立ちさり、パン生地をオーブンにつっこんだ。

そうこうしているうちにマーチ夫人が、あちこちようすをたしかめ、ベスになぐさめの言葉をかけてから出かけていった。母のグレーの帽子が角を曲がって見えなくなると、娘たちはなんとも心細い気持ちになった。しかもその数分後に、こんどはお昼をごちそうになりたいといってクロッカーさんがたずねてきたではないか。みんなは目の前がまっくらになった。クロッカーさんは、やせっぽちで、黄色い顔にとがった鼻をしたひとり身のおばあさんだ。なにひとつ見のがさないし、となり近所にうわさを広めるのが大好きときている。娘たちはこの人が大きらいだったけれど、お年寄りで、貧しくて、友だちもいないから親切にしてあげなさいといわれていた。しかたなくメグはクロッカーさんをまねきいれて、安楽いすをすすめた。

ジョーは、台所で孤軍奮闘していたが、元気と善意さえあればいい料理人になれるというものではないと思いしらされた。アスパラガスは、一時間ゆでたら頭がもげてしまい、茎はあいかわらずかたいままだった。パンは黒こげになった。というのもサラダドレッシングにかかりっきりで、ほかのことがぜんぶお留守になっていたからだ。それなのにドレッシングはどうしてもまともな味にならず、けっきょくあきらめるしかなかった。ロブスターもまた、わけのわからない代物だった。たたいたりほじくったりして、どうにか殻からとりだしたものの、身があまりにも少なくて、レタスの葉のあいだにもぐりこんでしまった。デザートのブラマンジェは、だまができているし、イチゴは、見ばえがいいわりにはちっとも甘くなかった。

「まあ、おなかがすいたら、コーンビーフとパンとバターを食べてもらえばいいや。でも、午前中いっぱいがんばったのが、ぜんぶむだだったかと思うとくやしいな」

ジョーは、ふだんより三十分おくれで食事のベルを鳴らすと、顔をほてらせてぐったりしながら、料理をながめた。ローリーはふだん、おいしいものを食べなれているはずだ。そしてクロッカーさんは、どんな失敗も見のがさず、ご近所じゅうに告げ口をしてまわるだろう……。

みんなが料理に口をつけては、つぎつぎと残していくのを見て、あわれなジョーは、テーブルの下にもぐりこみたくなった。エイミーはくすくす笑うし、メグはこまりはてた顔をしている。さすがのクロッカーさんも口をぎゅっとむすび、ぎゃくにローリーは、なんとかこの場をもりあげようと、けんめいにおしゃべりをしたり、ほがらかに笑ったりしている。

　こうなると、たのみの綱はイチゴだけだ。イチゴにはあらかじめよく砂糖をふってあるし、とろりとしたクリームもピッチャーに入れて用意してある。きれいなガラスの器がまわされると、だれもがうれしそうな顔で、クリームにぽっかりと浮かぶ赤いイチゴの島を見つめた。

　クロッカーさんがまっさきにひと口ほおばった。ところがそのとたんに顔をしかめて、おおあわてで水を飲んだ。ジョー自身は、イチゴをとっていない。青いのをのけたらずいぶん数がへってしまって、足りないのではないかと心配になったからだ。そこでローリーを見ると、男らしくぐんぐん食べすすめてはいるものの、口をかすかにゆがめて、自分の器をじいっと見すえている。おいしいデザートの好きなエイミーは、スプーンでイチゴをすくって口に入れたとたん、うっとのどをつまらせてナプキンで顔をおおい、席を立ってかけだした。

「な、なんなの？」ジョーはぶるぶるふるえた。

「砂糖と塩をまちがえてる。おまけにクリームがすっぱいわ」メグが、悲しい顔でいった。

　ジョーは、うめき声をあげていすの背にもたれた。そういえば、台所のテーブルに箱がふたつならんでいて、その一方を最後にあわててイチゴにまぶしたのだっけ。クリームは、冷蔵庫に入れるのをわすれていた。顔を真っ赤にして、今にも泣きだしそうになったとき、ローリーと目が合った。ローリーはけんめいに笑いをこらえている。そのとたん、なにもかもがこっけいに思えてジョーは吹きだし、涙を流して笑いころげた。ほかのみんなも大笑い。姉妹が「不平屋」と呼ぶクロッカーさんまでもが笑いこけて、ざんねんな昼食会は、パンとバターとオリーブでにぎやかにしめくくられた。

「もう片づけをする気力が残ってないよ。ピップのお葬式をして、ちょっと頭を冷やそう」ジョーがいい、クロッカーさんが帰っていくと、みんなで席を立った。

ローリーが庭の茂みのシダの葉のかげに穴をほってくれて、姉妹は涙を流しながらピップのなきがらをうめ、上からコケをかぶせた。そして、スミレとハコベの花輪を墓石にのせた。

お葬式を終えると、ベスは悲しみにくれたまま部屋にひきこもった。ところがベッドがぐちゃぐちゃで、休む場所がない。しかたなくまくらをたたいたり、部屋を片づけたりしているうちに、だいぶ悲しみがおさまった。ジョーとメグは力を合わせて昼食のあと片づけをすませ、ローリーは、ふきげんなエイミーを馬車でつれだしてくれた。

マーチ夫人が家に帰ってくると、上の三人の娘がせっせと働いているところだった。戸棚のなかをざっと調べてみても、どうやら母のもくろんだ実験は、成功したといえそうだ。

その夜、マーチ夫人は娘たちにたずねた。

「みんな、実験はどうだった？　もう一週間やりたい？」

「ううん、もうこりごり！」みんなは口々に答えた。

「だったら、それぞれが自分の荷物を背負わなくてはね。重いと感じることもあるけれど、毎日背負っているとだんだん軽くなるものよ。働くことは健全だし、仕事はみんなにいきわたるだけたっぷりあるわ。ただし、奴隷のように働きすぎるのもだめ。毎日規則正しく、仕事と遊びをじょうずにこなしていけば、毎日が楽しくて実り多いものになりますよ」

「わかりました、お母さん」娘たちは、約束した。

12 キャンプ・ローレンス

ベスは郵便局長だ。いつも家にいるから決まった時間にポストをのぞけるし、小さなとびらの鍵をあけて手紙をとりだし、みんなにとどけるのを楽しみにしている。七月のある日、ベスは両手にいっぱい手紙や小包をかかえてもどってくると、家じゅうにとどけてまわった。

「はい、お母さんに花束。ローリーはいつもわすれずにおくってくれるわね」ベスは、「お母さんの場所」に置かれた花びんに、新しい花束を生けた。

「メグ・マーチさん、はい、お手紙と手袋が片方です」ベスは、配達をつづけた。

「あら、わたし手袋をひと組わすれたのに、片方しかもどってこなかったの？　いやあね。しょうがない、そのうち見つかるでしょう。お手紙は、わたしがお願いしたドイツ語の歌の翻訳ね。ローリーの筆跡じゃないから、きっとブルックさんがなさったんだわ」

マーチ夫人はメグを見やった。ギンガムのドレスを着て前髪をカールしたメグは、女らしくてとても美しい。母の胸中など少しも気づかぬように、歌いながらぬいものをしている。

つぎにベスは、書斎で書き物をしているジョーに、笑いながらいった。

「ジョー先生、お手紙と、おかしな帽子がとどいてまーす。郵便局がいっぱいになって外にはみだしていました」

「あれま。ローリーったら、お茶目だね。あたしが、顔が日焼けしてかなわないから、大きな帽子が流行すればいいのにっていったら、あの子『流行なんか気にせずにかぶればいいじゃない。涼しいよ』っていうの。だから、持ってればかぶるわよっていったら、これをおくってきたってわけ。あたしをためすつもりね。おもしろいから、かぶってやろう。流行なんか気にしないってところを見せてやらなきゃ」

へりの大きな、古めかしい帽子をプラトンの胸像にかぶせると、ジョーは手紙をひらいた。大きくて元気のいい、ローリーの字だ。


「親愛なるジョーへ。

ヤッホー。あす、イギリス人の友だちが何人かで遊びにくる。天気がよければ、ロングメドウにテントをはって、みんなでボートをこいでいって、クロッケーをしたり、昼食を食べたりして楽しくやろうと思っているんだ。火を起こしたり、食事をつくったりしてね。みんないい人たちで、そういうことが大好きだから。ブルック先生も、男たちのお目つけ役としてきてくれる。女の子のお目つけ役は、ケイト・ヴォーンだ。きみたちにもぜひきてほしい。ベスもぜったいつれてきてよ。だれもベスに悪さをしたりしないよう気をつけるから。食べ物はぼくがぜんぶ手配するから気にしないで。とにかくきてくれれば、それでいい。たのんだよ！

とりいそぎ。ローリーより」


「うわあ、すてき！」ジョーは、さっそくメグに知らせにいき、お母さんにもたのみこんだ。

「ねえ、いってもいいでしょう？　あたしはボートがこげるから、ローリーを手伝えると思うの。メグはお昼のしたくを手伝えるし、ちびさんたちもなにかの役には立つわ」

「ヴォーンさんって、どういう人たちなの？」メグがきいた。

「さあ。四人きょうだいだっていうことしか知らない。ケイトは、ねえさんより年上よ。フレッドとフランクは双子で、あたしと同じくらいの年。それにグレイスっていう九つか十ぐらいの小さな女の子がいるの。ベス、あんた、いくよね？」

「男の子が話しかけてこないようにしてくれれば」

「だいじょうぶ。ひとりも話しかけさせない」

「ローリーにはよろこんでほしいし、ブルックさんはやさしい方だからこわくないの。でも遊んだり、歌ったり、しゃべったりするのはいや。いっしょうけんめい働くし、だれにもめいわくはかけないから、ジョーねえさんがめんどうを見てくれるなら、いくわ」

「よしよし。人見知りを直そうとしてるんだね。だからあんたが好きなのよ。欠点を直すのってたいへんだもんね。あたしもよくわかる」

翌朝、上天気を告げようと姉妹の寝室をのぞきこんだお日さまは、ゆかいな光景に出くわした。昨夜はそれぞれが、しっかりと休日の準備をしてから休んだらしい。メグは、前髪をきれいにカールしようと、ふだんより一列余分に紙を巻きつけているし、ジョーは、顔の日焼けにべたべたとコールドクリームをぬっている。ベスは、しばしのお別れだからと、お人形のジョアンナをだいて眠っていた。そしてエイミーは、気に入らない鼻を少しでも高くしようと、せんたくばさみでつまんでいる。やがてジョーが目をさまし、エイミーのせんたくばさみを見て大笑いしたので、ほかのみんなも目をさました。

明るい日ざしと笑い声は、楽しい一日の先触れだ。まもなく、両方の家でばたばたと準備がはじまった。まっさきにしたくをすませたベスが、窓辺からおとなりのようすを伝えてくる。

「あっ、男の人がテントを運んでる。それからバーカーさんが、大きなバスケットにお昼のお弁当をつめているわ。ローレンスのおじいさまが、お空と風見鶏を見あげてる。おじいさまもいらっしゃればいいのに。あっ、ローリーよ。水兵さんみたい――すてきねえ！　わあ、たいへん、満員の馬車が着いたわ。背の高い女の人と、小さな女の子、それからおっかない男の子がふたり。双子のひとりは、松葉杖をついてるわ。ローリーは教えてくれなかったわね。ねえ、みんな、いそいで！　おくれちゃう。あら、ネッド・モファットよ。ねえ、メグねえさん、あの人、このあいだ買い物をしているとき、ねえさんに向かっておじぎをした人でしょう？」

「そうよ。へんねえ、あの人がくるなんて。山にいったとばかり思っていたのに。サリーもいるわね。いいときに帰ってきてくれてよかった。ねえ、ジョー、わたしちゃんとしてる？」

「デイジーみたいにきれいだよ。ドレスを少し上にひっぱって、帽子をまっすぐにかぶりなよ。ななめにすると安っぽく見えるし、あっというまに風でとばされるよ。さあ、それじゃ出発！」

「ちょっと待って、ジョー、あなたそのおかしな帽子、ほんとうにかぶっていく気？　みっともないわよ。物笑いの種になるわ」

「いいからいいから。この帽子、最高だよ。大きくて日よけになるし、軽いもん。それに、おもしろいし。快適なら、笑われてもへっちゃらだよ」

メグに文句をいわれながらも、ジョーはローリーが冗談半分にくれた、幅広の古めかしい麦わら帽をさっさとかぶり、赤いリボンでくくりつけた。

ジョーはすたすたと歩きだし、みんながあとにつづいた。それぞれが夏服に身をつつんでおめかしし、しゃれた帽子の下に笑顔をのぞかせている。晴れやかな姉妹の一団だ。

ローリーが走ってきて出むかえ、友人たちにていねいに紹介してくれた。芝生はしばし客間と化して、あちらこちらでにこやかにあいさつが交わされた。ケイトは二十歳だが、アメリカの女の子も見習ったほうがよさそうなすっきりした服装をしていて、メグはほっとした。おまけにネッドからは「きょうはきみに会いにきたんだよ」といわれて、気分がよくなった。

テント、昼食、それにクロッケーの道具は、さきに送ってある。みんなは二そうのボートに分かれてのりこみ、帽子をふるローレンス氏に見おくられながら、いっしょに岸をはなれた。一そうのボートはローリーとジョーがこぎ、もう一方はブルックさんとネッドがこぐ。双子のうち、あばれ者のフレッド・ヴォーンは、ひとり用のボートでアメンボウみたいにそこらじゅうをこぎまわっていて、二そうのボートを転覆させそうないきおいだ。

ジョーのおかしな帽子は、感謝状をもらってもいいほど活躍した。笑いをさそって初対面のかたさをほぐしたし、ボートをこぐたびにパタパタと涼しい風をおこした。おまけに、雨がふったらみんなを雨やどりさせてあげると、ジョーはうけあった。ケイトは、はじめジョーのふるまいにあきれ顔だった。オールを流して「なんてこったい」などとさけぶし、ローリーも、場所をかわろうとしてジョーの足につまずいたとき、「おう、痛くなかったか？」などと男同士のように声をかけるのだ。でも片めがねをあててこの変わった娘をまじまじと見てみると、「変わり者だけれど、なかなか頭がいい」ことがわかったので、ケイトは遠くからほほえみかけた。

　べつのボートにのったメグは、ふたりのこぎ手の真向かいという、すばらしい席にすわっていた。こぎ手のほうもこの女性に目をうばわれながら、オールをいつになく巧みにあやつっている。ブルックさんは、きまじめでもの静かな青年で、美しい茶色の目と明るい声をしていた。メグは、そのおだやかな物腰が好きだったし、博識で、まるで生き字引のような人だと尊敬もしていた。ブルックさんはあまり話しかけてはくれないが、たびたび見つめてくるそのまなざしを見ると、きらわれてはいないような気がした。

　ネッドは大学一年生で、いかにも一年生らしく、学生風を吹かせていた。あまりかしこくはないのだが、なにしろ明るいので、いっしょにピクニックにいくには最高の相手だ。サリー・ガードナーは白いコットンのドレスをよごさないよう神経を使いながら、ひとり乗りのボートをこぐフレッドと言葉をかわしている。そのフレッドはなにしろ落ちつきがないので、ベスはハラハラしどおしだった。

ボートはまもなくロングメドウに着いた。上陸してみるともうテントがはられ、クロッケーに使う小さな門もしっかり地面に打ちこまれていた。気持ちのよい緑地で、まんなかには三本のカシの木が大きく枝をひろげ、クロッケーにうってつけの、なめらかな芝生もある。

「キャンプ・ローレンスへようこそ！」ローリーが、晴れやかにいった。

「ブルックさんが司令官、ぼくは食料長官、ほかの男性陣は参謀、そして女性のみなさんはお客さまです。テントはお客さまの休憩所、向こうのカシの木は応接間、こっちは食堂、三本めの木は厨房です。暑くなる前にまずクロッケーを一試合して、そのあと昼食にしましょう」

フランクとベスとエイミーとグレイスは、観客席にすわり、あとの八人が試合をすることになった。ブルックさんがメグとケイトとフレッドをえらび、ローリーはサリーとジョーとネッドをえらんだ。ブルックさんのひきいるイギリスチームはなかなかじょうずだったが、アメリカチームもそれに輪をかけてうまいので、両軍ははげしくせりあった。ジョーとフレッドは何度かぶつかりあい、一度はあやうくケンカになるところだった。ジョーが、最後の門を通過しながらも杭に当てるところでミスをして、むしゃくしゃしていたときのことだ。フレッドはジョーにせまっていて、さきに打つ順番をむかえた。フレッドが打つと、球は門にあたってはねかえり、ほんの数センチ手前に止まった。近くにはだれもいない。そこでフレッドは球にかけより、調べるふりをしながら靴のつまさきでそっととひとけりして、門の数センチ向こうに球を押しこんだのだ。

「やった。通ったぞ！　ジョーさん、きみに勝って一番にあがるからね」フレッドはさけび、もう一度打とうと木槌をふりあげた。

「あなた、けとばしたでしょ。見てたわよ。こんどはあたしの番」ジョーはぴしゃりといった。

「とんでもない。けったりするもんか。少しころがったけど、それはルール違反じゃないもの。さあ、ちょっとどいてくれないかな。あの杭に当ててるんだから」

「アメリカではずるをしないの。でも、お望みならどうぞ」ジョーは、かみつくようにいった。

「アメリカ人のほうが、よっぽど油断ならないだろ。そんなの常識さ。それっ！」フレッドはジョーの球をはじいて、遠くへとばした。

ジョーは、かっとして悪態をつきそうになったが、ぎりぎりで思いとどまった。顔を真っ赤にして立ちつくし、木槌で思いきり門をひっぱたく。フレッドは、球をうまく杭に当てて「あがり！」とさけび、おおはしゃぎしている。ジョーは自分の球をさがしにいって、やぶのなかを長いことつつきまわした。でも、さがしだしてもどってきたときには、落ちついていて、自分の順番がくるのをしんぼうづよく待った。何度か球を打ってようやくさっきの位置までもどしたとき、相手チームは、あとひとりあがれば勝利というところまできていた。最後にケイトの球を残すばかりで、その球は杭のすぐ手前で止まっている。

「うひゃあ、ぼくらはもうおしまいだ！　さよなら、ケイトねえさん。さっきぼくがジョーさんの球をはじきとばしたから、こんどはねえさんがやられる番だ」フレッドがさけんだ。

「アメリカ人はね、敵にやさしいの」ジョーがそういってフレッドを見つめると、相手は顔を赤らめた。「勝ちにいくときは、とくにね」それからケイトの球にはふれずに、絶妙なショットで杭に当てて、勝利をさらった。

ローリーは思わず帽子をほうりなげてから、客人が負けたことをよろこぶのはまずいと気づいて歓声をひっこめ、ジョーの耳もとでささやいた。

「やったね、ジョー！　あいつ、ずるしただろ。見てたよ。こっちからいうわけにはいかないけど、あいつ、二度とやらないと思うよ。ほんとに」

メグも近よってきて、ジョーのほつれ髪をピンでとめながら、いった。

「ものすごく腹立たしかったけれど、よくがまんしたわね。えらいわ、ジョー」

「そんなにほめないでよ。今だって横っつらをひっぱたいてやりたい気分なんだから。あのイラクサのしげみにつかまったおかげで、かんしゃくがおさまって、ひどいことをいわずにすんだけど。でもまだむかむかしてるから、あの子には近づかないようにするよ」ジョーは口をきゅっとむすんで、大きな帽子のかげからフレッドをにらんだ。

「お昼の時間ですよ」ブルックさんが、時計を見ながらいった。「食料長官、火をおこしてお湯をわかしてください。マーチさんとサリーさんとぼくで、テーブルの用意をしましょう」

ブルック司令官とその補佐は、てきぱきとテーブルクロスをひろげ、おいしそうな食べ物や飲み物をならべて、ところどころに緑の葉をかざりつけた。ジョーがコーヒーをいれ、みんなが席につくと食事がはじまった。若者は食欲おうせいだし、運動をしたあとでよけいにおなかがすいている。じつに楽しい食事会だった。なにもかもがものめずらしく、ゆかいで、しじゅうどっと笑い声があがっては、近くにつながれた年寄り馬をおどろかせた。

テーブルががたがたなので、あちらこちらでコップやお皿がひっくりかえるのも、笑いをさそった。おまけにドングリはミルクにとびこむし、小さなアリは招かれもしないのにごちそうにありつくし、小さな毛虫もようすを見に枝からぶらさがってくる。

「お好みなら、塩もあるよ」ローリーが、ジョーにイチゴを盛った皿をわたしながらいった。

「ありがとう。あたしはクモのほうがいいわ」ジョーは、クリームのなかに落ちた、あわて者の小さなクモを二匹、つまみだしながらいった。「ひどいよ、あのとんでもない昼食会をわざわざ思いださせるなんて。あなたの昼食会のほうがずーっとすてきなのに」ふたりは笑い、食器の数が少ないので、ひとつの皿からイチゴをつまんだ。

「だってあんなに楽しいことは、はじめてだったんだもの。いまだに笑いがこみあげてくるよ。それにきょうの昼食会は、ぼくの手柄じゃない。きみとメグとブルック先生のおかげだ。心から感謝しているよ。さてと、おなかがいっぱいになったところで、なにをしようか？」

「涼しくなるまでゲームでもして遊べばいいんじゃない？」

そこでまずは全員で、リレー式の物語づくりゲームをしたあと、ジョーと年下の子たちは、またべつのゲームをはじめた。

年上の三人は、少しはなれたところにすわっていた。ケイトがスケッチをはじめ、メグがそれをながめる。ブルックさんは草の上に寝そべって、読むともなく本をひらいている。

「じょうずねえ。わたしも絵がかけたらいいのに」メグは感心しながらもざんねんそうにいった。

「習ったらいかが？　絵がお好きみたいだし、きっと才能もおありになるわ」

「でも時間がなくて」

「お母さまが、ほかの習いごとをするようおっしゃるんでしょう。うちもそうだったわ。でもあたくし、何度かこっそり絵を習って、才能があるところを母に見せたの。そうしたら母もよろこんでゆるしてくれたわ。あなたも家庭教師の先生にご相談なさったら？」

「家庭教師は、いないんです」

「ああ、そういえばアメリカのお嬢さんたちは、学校にいらっしゃるのよね。とてもいい学校がたくさんあると父からきいたわ。あなたは私立の学校にかよってらっしゃるの？」

「いいえ、学校にはかよっていないの。わたし自身が家庭教師をしているんです」

「まあ、そうでしたの！」ケイトはいったが、その口調は「あらまあ、なんてこと」とでもいいたげにきこえた。ケイトの顔を見てメグは思わず顔を赤らめ、こんなにあけすけに話さなければよかったと後悔した。

ブルックさんがうまく話題を変えてくれた。

「ドイツの詩はお気に召しましたか、マーチさん？」

「ええ、とっても！　すてきな詩ですね。どなたか存じませんが、訳してくださった方に感謝しています」うなだれていたメグが、顔をかがやかせた。

「あら、ドイツ語がおできにならないの？」ケイトが、おどろいた顔をした。

「ええ、あまり得意ではなくて。父から教わっていたんですけど、今、家にいないものですから、ひとりではなかなか進まないんです。発音を直してくれる人がいないと」

「今、少し読んでごらんなさい。ほら、シラーの『メアリー・ステュアート』があるし、教え好

きの教師もいることだし」ブルックさんが、メグのひざに本を置いて、にっこりした。
「むずかしくて、わたしにはとても」メグは、ありがたく思いながらも、優秀な女性がとなりにいるので、しりごみした。
「それじゃあ、呼び水としてあたくしが少し読んでみましょうか」ケイトが、その詩の一番美しい一節を完ぺきな発音で、でもまったくの一本調子に読みあげた。
ブルックさんは、なんの感想ものべなかった。メグは、ケイトからまた本を受けとると、無邪気にいった。

「これ、詩の本だとばかり思っていました」

「詩も含まれていますよ。ここを読んでごらんなさい」ブルックさんは、ふしぎな笑みをうかべながら本をひらいた。

はじめメグは、ゆっくりとたどたどしく読んでいたが、やがて詩の美しさに魅せられて聞き手をわすれ、まるでそこに自分しかいないかのように、のめりこんで朗読した。

「じつにすばらしい！」メグが朗読を終えると、ブルックさんがたたえた。いくつもの読みまちがいにはふれず、ほんとうに「教え好き」なことをうかがわせるように、にこにこしている。

「発音はおじょうずね。もう少しつづければすらすら読めるようになってよ。ドイツ語のお勉強は、ぜひなさったほうがいいわ。教師にとっては、大切なたしなみですもの。さて、あたくしは、グレイスのめんどうを見ないと。あの子、はしゃぎまわっているから」ケイトは立ちさった。

午後は即席のサーカスや、ボードゲーム、なごやかなクロッケーをするうちに時がすぎた。日がくれるとテントがたたまれ、バスケットにまた荷物がつめこまれ、クロッケーの門はひきぬかれて、ふたたびボートにつみこまれた。一行はボートに乗り、大声で歌いながら川をわたった。

今朝集まったローレンス家の芝生の上で、一同はなごやかに「おやすみなさい」と「さようなら」のあいさつをかわした。ヴォーンきょうだいは、このあとカナダに向かうことになっている。

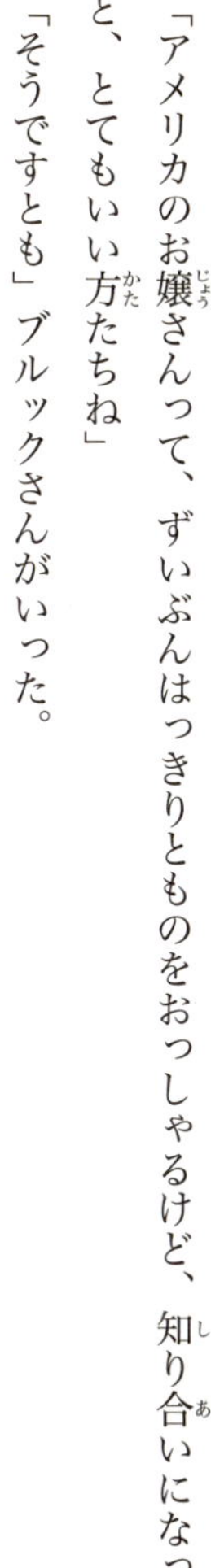

四姉妹が庭を横切って帰っていくのを見おくりながら、ケイトはすなおにいった。

「アメリカのお嬢さんって、ずいぶんはっきりとものをおっしゃるけど、知り合いになってみると、とてもいい方たちね」

「そうですとも」ブルックさんがいった。

13 夢のお城

ある暑い九月の午後、ローリーはハンモックにゆられながら、おとなりさんはなにをしているんだろうと考えていた。でもたずねていってたしかめる気にもならない。きょうは、なんだかむしゃくしゃしていた。暑くてなにもやる気が起こらないものだから、勉強をさぼってブルック先生をかりかりさせたし、午後は午後でピアノの練習ばかりしておじいさまを怒らせた。そのあとハンモックにとびのって世の中のくだらなさに腹を立てているうちに、おだやかな天気のおかげで、ようやく気持ちが静まってきたところだった。

そのとき声がきこえて、ローリーは、はっと起きあがった。ハンモックの網目ごしにのぞくと、マーチ家の姉妹が、遠足にでもいくようなかっこうをして出てくるところだ。

「いったいどこへいくんだろう?」ローリーは、眠い目を見ひらいた。みんな、なんだかおかしなかっこうだ。つば広のふにゃふにゃした帽子をかぶって、茶色い布袋をかつぎ、長い杖を手にしている。そしてメグはクッションを、ジョーは本を、ベスはバスケットを、エイミーは紙ばさみを持っている。四人は静かに庭を通りぬけると、小さな裏門を出て、家と川のあいだにある丘をのぼっていく。

「なんだい、ピクニックにいくのにさそってもくれないなんて。舟遊びにいくんじゃないよね。ボート小屋の鍵はぼくが持っているんだもの。それともわすれたのかな。鍵を持っていって、ようすを見てみようか」

ローリーが柵をとびこえてかけだしたときには、四人の姿はどこにもなかった。近道してボート小屋までいってみたけれど、だれもいない。そこで見晴らしのきく丘にのぼってみた。丘の上には松の茂みがある。その緑のなかから、松葉のそよぐ音や、眠たげな虫の音にまじって、はっきりとした声がきこえてきた。

「やあ、すてきなながめだな」茂みのなかをのぞいたとたん、ローリーの眠気はふっとんだ。姉妹は木かげにすわっていた。木もれ日がちらちらとふりそそぎ、香りのいい風が四人の髪をそよがせる。メグはクッションにすわり、白くほっそりした手を動かしてぬいものをしていた。ピンクのドレスが緑にはえて、バラの花のようにみずみずしく美しい。ベスは近くのツガの木の下に落ちている松ぼっくりをよりわけていた。いいのを集めて、かわいい小物をつくるのだ。エイミーはシダの葉を写生しているし、ジョーは朗読しながら編み物をしている。

ローリーの顔が、ふとくもった。まねかれていないのだから、帰らなくちゃいけないのだろう。でも、どうしても立ちされない。そのまま身じろぎもせずに立っていると、エサ集めにいそがしいリスが、近くの松の木をかけおりてきてローリーに出くわし、びっくりしてするどい鳴き声をあげた。するとベスが顔をあげ、樺の木のかげでなやましげな顔をしているローリーを見つけて、いらっしゃいというように、にっこりしながら手まねきしてくれた。

「仲間に入ってもいいかな。おじゃまじゃない？」ローリーは、そろそろと近づいていった。

メグがきゅっと眉を上げたが、ジョーはそちらに向かってしかめ面をしてからいった。

「もちろんいいよ。さそえばよかったんだけど、こんな女の子の遊びはつまらないかと思って」

「きみたちの遊びなら、いつだって大歓迎だよ。メグがいやなら帰るけど」

「あら、いやなんてことはないわ。でも、ここではぶらぶらしているのは規則違反なの。なにか仕事をしてちょうだい」メグはまじめな顔で、でもやさしくいった。

「この本のつづきを読んできかせてよ。あたしは靴下のかかとを編むから」ジョーが本をわたす。

「かしこまりました」ローリーは、感謝の気持ちを表すべく、心をこめて読んだ。さほど長い物語ではなかったのですぐに読みきってしまい、あれこれと質問をはじめた。

「あのう、教えてほしいんだけど、このたいへんためになる、すばらしい会は新しくできたものなの？」

笑われないかと一瞬ためらったのちに、ジョーが説明した。

「あのね、あたしたち、そのむかし巡礼ごっこをしていたんだけど、今年また真剣にとりくんでるんだ。休日をむだにしないよう、ひとりひとりが自分の仕事をこなすことにしてね。お母さんが、できるだけ外に出なさいっていうから、ここに仕事を持ってきて、楽しくすごしているわけ。しかも巡礼気分を出すために、昔と同じようにこの袋をかついで、古い帽子をかぶって、杖をついて丘をのぼるの。この丘のことは『よろこびの丘』って呼んでるんだよ。見晴らしがよくて、いつか住んでみたいところが見わたせるから」

ローリーは、ジョーが指さすほうに目をやった。木立のひらけたところから、青い大きな川と、向こう岸の牧草地がよく見える。牧草地は大きな街のはずれからひろがっていて、そのまた向こうには緑の山がつらなり、空と交わっている。日がかたむき、天は秋の夕焼けに赤くそまっていた。金色とむらさき色の雲が山の端にかかり、そこから夕焼け空に向かって、白銀の雲の峰が高くそびえている。そのかがやきは、あたかも天の都にそびえる教会の尖塔のようだ。

「きれいだなあ」ローリーがため息まじりにいった。

「さっきジョーねえさんが、いつか住んでみたいところが見わたせるっていったでしょう。あれはブタやニワトリがいて、干し草のあるほんとうの土地のことなの。それもすてきなんだけど、あたしは空にほんものの美しい国があって、いつかそこにいけたらいいなって思っているの」べスが夢見るようにいう。するとジョーがぽつりといった。

「自分で考えた夢のお城がほんものになって、そこに住めたらいいのにね」

「ぼくなんか、たくさんありすぎて、どれに住むかまような」ローリーは地面に腹ばいになって、さっき自分の居場所をばらしたリスに松ぼっくりをぶつけながらいった。

「気に入ったのをひとつ選ばなきゃ。どんなお城？」メグがきいた。

「教えたら、みんなも話してくれる？」

「いいわよ、みんなも話すなら」

「もちろん。さあ、ローリー、話して」

「好きなだけ世界を見てまわったあと、ぼくはドイツに住んで心ゆくまで音楽をやりたい。有名な音楽家になって、世界中の人たちがぼくの演奏をききに押しよせてくるんだ。そしてお金や仕事のことなんか気にせずに、ただただ楽しんで、好きなように生きていく。それがぼくのお城だ。メグ、きみのはどんなお城？」

メグは話しづらいのか、ブヨでも追いはらうように顔の前でシダの葉をゆらしながらいった。

「わたしは、ありとあらゆるぜいたくなもののそろった、すてきな家がほしいわ。おいしい食べ物があって、きれいな服やりっぱな家具がそろっていて、すてきな人たちがいて、お金が山ほどあるの。わたしはその家の奥さまになって、好きなように生きるのよ。使用人もたくさん使って、働かなくてもすむようにして。楽しいでしょうねえ。といってものらくらせずに、いい行いをして、だれからも愛される人になりたいわ」

「お城には、ご主人さまはいないのかい？」ローリーが、すかさずきいた。

「だから『すてきな人たち』っていったでしょう」メグは顔を見られないよう、ていねいに靴ひもをむすんだ。

「かしこくて人柄もいいすてきなだんなさまと、天使みたいな子どもたちがほしいってはっきりいえばいいじゃない？ それでなけりゃ、ねえさんの夢のお城は完成しないんでしょ」ジョーがずけずけいった。ジョーは、本のなか以外のロマンスには、鼻もひっかけない。

「どうせあなたのお城には、馬とインク壺と本しかないんでしょ」メグが、つんとする。

「そりゃあそうよ。馬小屋にアラビア馬をずらっとならべて、部屋という部屋には本を山のようにつんで、魔法のインクで小説を書いて、ローリーの音楽に負けないくらい有名になるの。あたし、そのお城に住む前になにかすごいことをなしとげたいんだ——死んだあとまで残るような、はなばなしいことをね。それがなんなのかは今考えてる最中だけど、いずれみんなをびっくりさせるから。やっぱり本を書いて、お金持ちになって、有名になるのがいいかな。それがあたしには向いていると思うし、いちばんの夢ね」

「あたしは、お父さんとお母さんといっしょにおうちにいて、家族の世話のお手伝いができればいいの」ベスがおだやかにいった。

「ほかに夢はないのかい？」ローリーがたずねた。

「ピアノをいただいたから、もうじゅうぶんよ。みんなが元気で、いっしょにいられれば、ほかにほしいものなんて、なにもないわ」

「わたしには望みがたっくさんあるけど、いちばんの望みは画家になって、ローマにいって、すばらしい絵をかくことね。世界一の画家になりたいわ」これは、エイミーのひかえめな夢。

「ぼくらはみんな野心家だね。ベス以外はみんな、金持ちになって、有名になって、あらゆる面でごうせいに生きたいと願っている。だれが望みをかなえるだろう」ローリーが、子牛みたいに草の葉をかみながらいった。

「十年後に生きていたら、また集まってだれが望みをかなえたか、あるいは望みに近づいたか、たしかめてみない？」いつも新しいことを思いつくジョーがいった。

「十年といったらわたしは……二十七だわ！」メグがさけんだ。

「あたしたちは二十六ね、ローリー。ベスが二十四、エイミーは二十二だ」ジョーが勘定する。

「それまでには、なにかしらほこれるようなことができるといいんだけど。ぼくはなまけものだから、のらくらしそうだよ、ジョー」

「あなたは目標を見つけたほうがいいって、うちのお母さんがいってたよ。それさえあれば、きっとバリバリ仕事ができる人だって」

「お母さまが？　わかった、がんばるよ。機会さえあればなあ」ローリーはきゅうに元気になって起きあがった。「ぼくはおじいさまをよろこばせることで満足すべきなんだろうし、がんばってはいるんだけど、どうにも性に合わないんだ。おじいさまは、ぼくに自分のインド貿易をつがせる気だけど、そんなことをするくらいなら、ぼくは死んだほうがましだ。お茶だの絹だのスパイスだの、おじいさまの古くさい船が運んでくるような代物は、だいきらいさ。自分が船主になったら、沈んでもぜんぜん気にしないね。大学にいけばおじいさまはよろこぶから、その四年間とひきかえにぼくを自由の身にしてくれりゃいいのに、もうすっかりあとをつがせる気でいる。だからぼくは、おじいさまのいうとおりにするか、でなきゃ父親のように家出して好きにやるかしかない。おじいさまのめんどうを見てくれる人がいれば、あすにでも家出するのに」

「おじいさまの船で家出しちゃいなさいよ。そして自分の望みをとげるまで二度と帰ってこないの」ジョーがそそのかす。

「まあ、そんなのだめよ、ジョー。ローリー、こんなろくでもない意見をきいちゃだめよ。おじいさまのお望みどおりにするのがいちばんなんだから」メグが、母親じみた口調でいった。「大学でいっしょうけんめいやれば、おじいさまもがんばりに免じて、きっと悪いようにはなさらないわ。あなたもいうとおり、おじいさまのそばにいて大切にする人は、ほかにいないんですもの。だまって家出なんかしたら、きっと一生後悔するわよ。しっかり勉強して、ブルック先生に手を焼かせないようにしないと」

「なんで手を焼かせてるってわかるのさ？」

「先生が帰っていかれるときのお顔でさっしがつくわ。あなたがいい子だったときは満足そうにすたすた歩いていらっしゃるけど、手を焼いたときは、眉を寄せてゆっくり歩いていかれるんですもの。まるでひきかえして、やりなおしたいって思っているみたいに」

「へえ！　じゃあきみは、ぼくがよく勉強したかどうかをブルック先生の顔で判別してるっていうわけだ。だったらせいぜい先生をよろこばせないとね」

「あら、気を悪くしないでちょうだい。あなたのことはまるで弟みたいに思っているから、つい、思ったことをそのままいってしまったの。よかれと思ってのことなのよ。ゆるしてね」

メグが片手をさしだすと、ローリーもむきになったことを恥じて握手に応じた。

「ぼくのほうこそごめん。きょうは一日、虫のいどころが悪かったんだ。メグがおねえさんみたいに欠点を指摘してくれるのはありがたいと思ってる。たまにむくれちゃうこともあるけど、気にしないで。ありがたく思っているんだから」

やがて遠くからかすかにベルの音がきこえてきた。ハンナが鳴らす夕食のベルだった。

その晩、ベスがローレンス氏のためにピアノをひくのを、ローリーはカーテンのかげできいていた。老人はほおづえをついて白髪まじりの頭をかたむけ、今は亡き、最愛の孫娘に思いをはせている。ローリーは午後の会話を思い出して、明るく決意した。

「やっぱり自分のお城のことはわすれて、おじいさまといっしょにいよう、ぼくをたよりにしてくれるかぎりは。おじいさまには、ぼくしかいないんだもの」

14 秘密

十月に入るとだんだん涼しくなり、日も短くなって、ジョーは屋根裏部屋でおおいそがしだった。午後の二時か三時ごろまでは、高窓からお日さまがぽかぽかとさしこんで、古ぼけたソファを照らす。ジョーはそこにすわって、目の前の古いトランクに紙をひろげ、せっせと書き物をしていた。わき目もふらずに最後の一枚を書きおえると、大きなしぐさで自分の名前をサインし、ペンを置いた。

「よし、全力をつくした！　これでダメなら、もっと実力をつけるしかないね」

ソファにもたれると、ジョーはていねいに原稿を読みかえして、あちらこちらにダッシュを入れたり、感嘆符を加えたりし、最後にしゃれた赤いリボンでたばねてから、まじめな、思いつめたような表情で原稿をじっと見つめた。それほどこの作品にかける思いは強かった。

この屋根裏部屋には古いブリキの調理台が置いてあって、そのひきだしのなかにジョーは原稿用紙や本を何冊かしまっていた。そのなかからもうひとつ原稿をとりだすと、ふたつともポケットにしまって、ジョーはこっそりと階段をおりていった。

音をたてないよう帽子をかぶって上着を着ると、裏窓から低いポーチの屋根の上に出て、草におおわれた土手にとびおり、ぐるりとまわり道して道路に出た。そして通りがかった乗合馬車を止めてのりこむと、ひどくうきうきした、秘密めかした顔でゆられていった。

それにしてもジョーのふるまいは、きみょうだった。にぎやかな通りで馬車をおりると、とある番地をめざしてすたすたと歩いていき、少しまよってから目あての建物を見つけた。それから入り口に立ってうすぎたない階段を見あげ、一分ほど身じろぎもせずたたずんでいたかと思うと、いきなりとびだしてきて、きたときと同じようにあわてて歩みさったのだ。これを二回くりかえすのを、向かいの建物の窓辺から黒い目の若い紳士が見ておもしろがっていた。三度めにもどってきたとき、ジョーは、ぶるっと体をふるわせて帽子を目深にかぶると、歯をぜんぶぬきにでもいくような顔をして階段をあがっていった。

建物の入り口には、ほかの看板にまじって歯医者の看板があった。大きな歯の列がゆっくりとあいたりしまったりするその看板を見ながら、若い紳士はコートを着こみ、帽子を手にして階段をおりていった。そして向かいの建物の入り口に立ち、身ぶるいしながら笑みをうかべた。

「ひとりでくるなんてあの子らしいな。でも、もしつらい思いをしているなら、帰りに道連れがいるだろう」

十分後、ジョーが顔を真っ赤にして階段をかけおりてきた。なにかとてもたいへんな思いをしてきたような顔つきだ。若い紳士を見つけても少しもうれしそうな顔をせず、ぴょこんと頭をさげて通りすぎようとした。けれども紳士は、追いすがって気の毒そうにたずねた。

「つらかった？」

「それほどでも」

「ずいぶん早かったね」

「ええ、助かったわ！」

「どうしてひとりでいったのさ」

「だれにも知られたくなかったから」

「きみってほんとうに変わってるね。何本ぬかれたの？」

ジョーは、なにをいってるんだろうという顔をしてから、いきなり笑いだした。

「とってほしいのが二本あるんだけど、一週間待たなくちゃならないの」

「なにを笑ってるんだよ。なんかたくらんでるな、ジョー」ローリーが、けげんな顔をした。

「あなただってそうじゃない。ビリヤード場で、なにをしておいでだったのかしらん？」

「失礼ですが、あれはビリヤード場じゃなく、運動場だよ。フェンシングの練習をしてたんだ」

「ならいいけど」

「どうして？」

「だって、ビリヤード場なんかにいってほしくないんだもの。いったことあるの？」

「たまにね。うちにもビリヤード台はあるけど、うまい相手がいないとおもしろくない。だからたまにきてネッド・モファットやその仲間たちと一戦交えるのさ」

「んまあ、ざんねんだこと。だんだんビリヤード場にいりびたって時間とお金をむだにして、あのいけすかない男の子たちみたいになっちまうんじゃないかしら。あなたには、友人がほこりに思うような、りっぱな人でいてほしいのに」

「ぼくのこと心配してるの、ジョー？」

「少しね。だってときどきむすっとして、不満そうな顔をしていることがあるんだもの。あなたはがんこだから、悪の道に入ったらだれにも止められないんじゃないかと思って」

ローリーが、歩きながらだまりこんでしまったので、ジョーは、いいすぎたかなと反省した。

ローリーは口もとには笑みをうかべながらも、怒ったような目をしている。

「ねえ、帰りつくまでずっとお説教するつもり？」ローリーがきいた。

「まさか。どうして？」

「お説教をつづけるつもりなら、ぼくは馬車で帰るからさ。そうでなければ、いっしょに歩いて帰るよ。ついでに、すごくおもしろい話をしてあげる」

「もうお説教なんかしない。だから話して、お願い」

「いいとも。でも、これは秘密だからね。きみも秘密を話してくれなくちゃ」

「あたしには秘密なんて……」ジョーはそういいかけて、つづきを飲みこんだ。秘密は、ある。

「あるじゃないか。顔にそう書いてある。さきに話してくれなきゃ、ぼくも教えないよ」

「うちにきたとき、なにもいわないって約束する？」

「もちろん」

「あのね、新聞社に小説を二本あずけてきたの。来週、採用するかしないかの返事をくれるって」ジョーは、ローリーの耳もとでささやいた。

「うわあ、やった！　高名なるアメリカ作家、マーチ嬢、ばんざい！」ローリーはさけんで帽子をほうりなげ、自分で受けとめた。アヒルが二羽、ネコが四匹、メンドリ五羽、アイルランド人の子どもが六人、これを見てよろこんだ。ふたりは田舎道にさしかかっている。

「しーっ。たぶんダメだと思うんだけど、やってみなくちゃ気がすまなかったんだ。でもみんなをがっかりさせたくなかったから、だまってたの」

「ダメなんてことがあるもんか。ジョー、きみの作品は、そこらのくだらない小説にくらべたら、シェークスピア級だもの。活字になったらうれしいだろうな。ぼくら、みんな鼻が高いよ」

ジョーの目がかがやいた。信じてもらえるのはいつだってうれしいことだし、親友の賞賛は、新聞で十回ほめられるよりうれしいものだ。

「で、あなたの秘密は？　話してくれないと、もう二度と信じないからね」ローリーにほめられて希望の火が燃えあがったのを少ししずめようとして、ジョーはいった。

「しゃべると、まずいことになるかもしれないけど、口止めもされていないから話すよ。せっかくおもしろい話を仕入れたのに、きみにだまっていると落ちつかないし。ぼく、メグの手袋の片割れがどこにあるか、知ってるんだ」

「それだけ？」ジョーはぽかんとした。ローリーが、秘密めかしてにやりとしながらうなずく。

「ありかを教えたら、きみも納得してくれると思うよ」

「じゃあ教えて」

ローリーは背をかがめ、ジョーの耳もとでなにごとかささやいた。すると、こっけいなほどの変化が起こった。ジョーはびっくりして立ちどまり、むっとした顔でローリーをまじまじと見つめた。そしてまた歩きだしながら、きつい口調でたずねた。

「なんで知ってんのよ？」

「見たんだ」

「どこで？」

「ポケット」

「あれからずっと？」

「うん。ロマンチックだと思わない？」

「まさか。最低だよ」

「気に入らないの？」

「気に入るわけないでしょう。ばっかみたい。ゆるされないことだよ。信じらんない。メグがきいたら、なんていうだろう？」

「だれにもいわない約束だよ」

「今はいわないけど、すっごくいやな気持ち。きかなきゃよかった」

「よろこぶと思ったのに」

「メグが、だれかにもらわれちゃうかもしれないのに？　とんでもない」

「きみのことも、だれかがもらいにくれれば、もっとやさしい気持ちになれるかもしれないよ?」

「ふん、そんなやつがいたら顔を見てみたいね」ジョーは息巻いた。

「だよね」ローリーは、そんな場面を想像してくすっと笑った。

「ああ、あたしって、秘密が体に合わないみたい。なんだか心のなかがぐちゃぐちゃ」

「じゃあこの坂道で競走しようよ。そうすればすっきりするから」ローリーがいった。

あたりには人っ子一人なく、なだらかな坂道が、さそうようにくだっている。ジョーは、矢も楯もたまらずにかけだした。帽子もくしも吹っとばし、ヘアピンをそこらじゅうにばらまきなが

ら走りに走る。ローリーは先にゴールインし、かけっこの効用を見てうれしくなった。ジョーは息を切らし、髪をふりみだしながらも、ほほをそめて、目をかがやかせている。むしゃくしゃしたようすは、もう、どこにもない。

「ああ、いっそ馬になりたい。そうすれば何マイル走っても息が切れないのに。あたし、ひどいかっこうだね。ねえお願い、天使さま、あたしの落とし物をひろってきて」ジョーは、赤い落ち葉がじゅうたんのように散りしいたカエデの木の下に、どさっと腰をおろした。

ローリーがのんびりと落とし物をひろいにいくと、ジョーは、身づくろいが終わるまでだれにも会いませんようにと願いながら、髪を編みなおした。ところがこんなときにかぎって、ほかでもない、メグが通りかかったではないか。しかもお呼ばれした帰り道のようで、ことのほか女らしく、あでやかなよそおいをしている。

「ジョーったら、こんなところでなにをしているの？」

「落ち葉ひろい」ジョーは、カエデの葉をかきあつめてみせた。

「ついでにヘアピンもひろってるんだ」ローリーが、ジョーのひざに五、六本ほうってよこした。

「この道には、ピンが生えるんだよね。くしや麦わら帽も」

「走っていたのね、ジョー。どうして？　いつになったらおてんばをやめるの？」

「年とって、杖をつくまでやめないもん。いいじゃない。もう少し子どもでいさせてよ」

ジョーは、くちびるがふるえるのをかくそうと、顔をふせた。このところメグがどんどん女らしくなっていくので、ローリーの秘密をきいたとき、いつかやってくる別れの日が、目の前にせまっているような気がして、こわくなったのだ。

それから一、二週間というもの、ジョーのようすがあまりにもおかしかったので、姉妹は面食らってしまった。郵便配達がベルを鳴らすたびに玄関に突進するし、ブルックさんに対していやに失礼な態度をとるし、悲しげな顔でメグを見つめていたかと思うと、いきなり立ちあがって握手をしたり、キスをしたりする。ローリーともしじゅう合図を交わしあって〈スプレッド・イーグル新聞〉がどうのという話ばかりしているので、ふたりともどうかしてしまったんじゃないかと、みんなは思った。

ジョーが窓からこっそりぬけだしてから二度目の土曜日、メグは、窓辺でぬいものをしていてあぜんとした。ローリーがジョーを庭じゅう追いかけまわし、最後にエイミーのあずまやのなかに追いつめたのだ。なかでなにをしているのかは見えないが、かん高い笑い声につづいて、ひそひそ話す声と新聞をガサガサめくる音がきこえてくる。

「あの子ったら、いったいどうすればいいのかしら。いつまでたっても女らしくふるまおうとしないんだから」メグはため息をついた。

まもなくジョーがとびこんできてソファにどっかりすわりこみ、新聞をめくりはじめた。

「なにかおもしろい記事でもあるの？」メグは、わざとやさしくきいた。

「小説ぐらいかな。たいしたものじゃないよ」ジョーが、新聞の題字をかくしながら答えた。

「だったら読んできかせて。そうすればみんなが楽しめるし、ジョーねえさんもそのあいだはおてんばをしないですむでしょ」エイミーがひどく大人びた口調でいった。

「なんていうお話？」なぜ新聞のかげにかくれているのかしらと思いながら、ベスがきいた。

「『恋敵の画家たち』」

「まあ、おもしろそう。読んでちょうだい」メグもいった。

「えへん！」大きな声でせきばらいし、長々と息を吸いこむと、ジョーは、ひどく早口で読みはじめた。姉妹は熱心に耳をかたむけた。ロマンチックな、悲しい物語で、最後にはほとんどの登場人物が死んでしまう。

「わたしは、名画が出てくるところがよかったわ」エイミーが、納得顔でいった。

「わたしは恋人たちの出てくる場面が好き。ヴァイオラとアンジェロって、どちらもわたしたちのお気に入りの名前よね。ふしぎだと思わない？」メグは、恋人たちの悲劇に涙をぬぐっている。

「作者はだれなの？」ジョーの顔がちらっと見えたので、ベスはきいた。

読み手のジョーは、いきなり体を起こして新聞をほうりだしたかと思うと、ほほをそめ、おごそかなような、はしゃいでいるような、みょうな大声で答えた。「みなさんのきょうだい」

「えっ、あなた？」メグは、思わずぬいものを落っことした。

「なかなかよく書けてるわね」エイミーが、もっともらしく批評した。

「やっぱり！　そうじゃないかと思った！　ああ、ジョーねえさん、あたしほんとうにほこらしいわ」ベスはおおよろこびでジョーにかけよって、だきついた。

ハンナも、お母さんも、だれもがおおよろこびだった。〈スプレッド・イーグル新聞〉は、まさにつばさをひろげたワシのように、マーチ家の人々の手から手へととびまわった。

「ねえ、いつとどいたの？」「原稿料は？」「お父さんはなんておっしゃるかしら？」

「みんなでいっせいにしゃべるのはやめて！　一から話すから」

ジョーは、小説を発表したいきさつをみんなに話し、それからこうつづけた。

「返事をききにいったら、新聞社の人に、二本とも気に入ったけど新人には原稿料をはらえないっていわれたんだ。ただ新聞に掲載するだけだけど、いい練習になるし、実力がつけばだれからでも原稿料をもらえるだろうって。だから二本ともあずけておいたら、きょうこの新聞が送られてきたわけ。さっそくローリーに見つかっちゃって、どうしても読みたいっていうから、さきに読ませてあげたの。そしたら、おもしろいからもっと書きなよってすすめてくれた。つぎは原稿料をもらえるように口添えしてくれるって。そのうち自活して、みんなの生活の足しになれるかもしれないと思うと、あたし、うれしくって」

ジョーはここまで一気にしゃべると、新聞で顔をおおい、自分の小説を涙でぬらした。自活すること、そして愛する人たちにほめられることが、ジョーの心からの願いだった。きょうはその幸福な結末に向かって、第一歩をふみだせたような気がしたのだ。

15 電報

「十一月って、一年でいちばんゆううつな月ね」メグが、霜のおりた庭を見ながらいった。

「さすがはあたしの誕生月だよね」ジョーが暗い顔でいう。

「でも、今、なにかいいことが起きたら、十一月ってすてきな月だなと思うようになるんじゃないかしら」ベスはどんなときでも、ものごとの明るい面を見ようとする。

「悪いけど、この家にはいいことなんて起こりやしないわ」メグは、虫のいどころが悪いらしい。

「毎日、毎日、こつこつ働いても、なんの変わりばえもないし、楽しいこともないんだもの」

そのとき、ベスがにっこりしていった。

「今すぐに、いいことがふたつ起こりそうよ。お母さんがそこまで帰ってきたし、ローリーが、いい知らせがありそうな顔で庭を走ってくるもの」

まもなくふたりとも家に着いた。マーチ夫人はいつものように「お父さんからお手紙は？」とたずね、ローリーはいつものように、みんなの気持ちをそそった。

「ねえ、だれか馬車でいっしょに出かけない？　ずっと数学の勉強をしていて、頭がぼうっとしてきたから、少し気分転換しようと思って。ジョー、ベス、いくだろ？」

「もちろん」

そのとき、かん高い呼び鈴の音がひびき、まもなくハンナが部屋に入ってきた。

「奥さま、おっそろしい電報ってものがまいりました」ハンナは、今にもはれつしそうな爆弾でも運んでいるように、おっかなびっくり電報をわたした。

マーチ夫人は、「電報」ときいてひったくるように受けとると、中身を読んでへなへなといすにしずみこんでしまった。小さな紙切れから弾丸がとびだして、心臓をうちぬかれでもしたかのように顔が真っ青だ。ローリーは、水をとりに階下へかけおりていき、メグとハンナはマーチ夫人の体を支えた。ジョーが、ふるえる声で電報を読みあげた。

「マーチフジンヘ
ゴシュジン　ジュウタイ　オイデネガウ
ワシントン　ブランクビョウイン　S・ヘイル」

だれもが息をつめて耳をかたむけ、部屋のなかはしんと静まりかえった。まるで外がきゅうに暗くなって、世界が一変してしまったように感じられた。幸せと生活の支えが一度にうばわれそうな気がして、娘たちは母のまわりに集まった。マーチ夫人はすぐに気をとりなおして電報を読みかえすと、娘たちに両手をさしのべ、だれもがわすれられない口調でいった。

「すぐにいきます。おそいかもしれないけれど。ああ、みんな、みんな、力をかしてちょうだい」

しばらくのあいだ、部屋にはすすり泣きの音がひびいていたが、やがてハンナがいった。

「泣いてる場合じゃありません、奥さま。すぐにしたくしませんと」ハンナはエプロンで顔をぬぐい、ごつごつしたあたたかい手で奥さまの手をにぎってから、三人分の働きをはじめた。

「そのとおりね。泣いている場合じゃないわ。みんな落ちついて。考えさせてちょうだい」マーチ夫人はするべきことをまとめると、まもなく口をひらいた。「ローリーはどこ?」

「ここです。なんでもいいつけてください!」ローリーがとんできた。友人といえども、一家のはじめての悲しみにふみこんではいけないような気がして、となりの部屋にひかえていたのだ。

「すぐにいくと電報を打ってちょうだい。つぎの列車はあすの朝早く出るから、それにのるわ」

「ほかになにかありませんか? 馬は用意できていますから、どこへでもいけるし、なんでもやります」ローリーは、すぐに世界のはてまでもとんでいきそうな意気込みでいった。

「じゃあ、マーチおばさんにお手紙をとどけてちょうだい。ジョー、紙とペンをとって」

ジョーは、今清書しているとちゅう原稿用紙の空いているところを切りとると、お母さんの前にテーブルごとひきよせた。つらい長旅のためにはお金を借りなくてはならない。お父さんのために少しでも上積みができるなら、なんでもしようとジョーは思った。

「じゃあこれをたのむわね。あまりとばさなくていいのよ。けがでもするとたいへんだから」

けれどその注意はききながされ、五分後、ローリーは駿馬にまたがると、すさまじいいきおいで窓の外をかけていった。

「ジョー、事務所にいって、キングさんにきょうはうかがえないと伝えてちょうだい。帰りがけにこのメモに書いたものを買ってきて。看病に必要だけれど、病院の売店はあてにならないから。ベス、おとなりにいって、ローレンスのおじいさまから古いワインを二本ほどいただいていらっしゃい。お父さんのためだから、えんりょせずにお願いしましょう。いちばんいいものをそろえてあげたいから。エイミー、ハンナに黒いトランクをおろすようたのんでね。それからメグ、荷作りの手伝いをたのむわ。わたしはまだ頭が混乱しているから」

みんなは風に吹きちらされた落ち葉のように、いっせいに散っていった。静かで幸せだった一家は、一枚の紙切れで呪いをかけられたかのように、とつぜんひきさかれてしまったのだ。

まもなくローレンス氏がベスといっしょにかけつけてくれた。病人の見舞いに役立ちそうな、思いつくかぎりの品物を持ってきて、奥さんが留守のあいだお嬢さんたちをお守りしますと約束してくれたので、マーチ夫人は安堵した。旅のお供をするとまでいってくれたが、さすがにその申し出はことわった。老人に長旅をさせるわけにはいかない。

けれどもローレンス氏は、お供の話をしたとき、夫人の顔にどこかほっとした表情が浮かんだのを見のがさなかった。そこで太い眉を寄せて両手を組むと、すぐにもどるといいのこして帰っていった。しばらくしてメグが、ゴム靴を片手に、お茶のカップをもう片方の手に持って玄関先を小走りに歩いていると、いきなりブルックさんとはちあわせした。

「ああ、マーチさん、さきほどお話をうかがったところです」先生のやさしい、もの静かな声がメグの不安な心にしみわたった。「じつは、お母さまのお供をさせていただこうと思ってやってきました。ローレンスさんから、ワシントンに向かうようおおせつかったので。わたしとしても、お母さまのお役に立てれば、こんなにうれしいことはありません」

メグはゴム靴を落とし、あわやお茶のカップも落としそうになりながら、片手をさしのべた。

「まあ、ご親切に！　母はありがたくお受けすると思います。つきそってくださる方がいると思うだけで、どれほど安心か。ほんとうにありがとうございます！」

メグは熱くお礼をのべたが、ブルックさんの物言いたげな茶色の目を見て、お茶がさめていることにはっと気づき、「母を呼んできます」といって、先生を居間に案内した。

ローリーがマーチおばさんからの手紙を持ちかえるころには、すべてのしたくがととのっていた。手紙には望んだ金額が同封され、おばさんのいつものお説教が記されていた。「前々から甥のマーチが従軍するのはばかげている、ろくなことにならないといってきたはずです。つぎからは、わたしのいうことをきくように」というものだ。マーチ夫人は手紙を火にくべてお金だけ財布にしまうと、口をぎゅっとむすんで、さらなるしたくにとりかかった。ジョーが見れば、母の気持ちをさっしたことだろう。

短い午後はあっというまにすぎさり、ほかの用事はすべて片がついた。メグと母は必要な針仕事にいそしみ、ベスとエイミーは夕飯のしたくをした。ハンナはばたばたとアイロンかけをすませた。ところがジョーだけが、いつまでたっても帰ってこない。みんなはだんだん心配になってきて、とうとうローリーがさがしに出かけた。ジョーのことだから、どんなとんでもないことをしでかすかわからないと、だれもが思ったからだ。

ところがローリーとちょうど入れちがいに、ジョーがひどくきみょうな表情を浮かべて帰ってきた。楽しみと恐れの入りまじったような、満足と後悔の入りまじったような……。家族が首をかしげていると、それに追い打ちをかけるように、ジョーがくるくるまるめた札束をとりだして母にわたし、少し声をつまらせながらいった。

「これがあたしにできること。お父さんが少しでも楽になって、はやくうちに帰れるように」

「んまあ、二十五ドルも。いったいどこでこれを？　ジョー、あなたまさか、はやまったことをしたんじゃないでしょうね？」

「だいじょうぶ。正真正銘、あたしのお金だよ。借りたのでも、物乞いしたのでもなく、盗んだのでもない。かせいだの。自分のものを売ったんだから、だれも文句はいわないでほしい」

　そういってジョーが帽子をさっととると、みんながいっせいに悲鳴をあげた。ゆたかだった髪の毛が、ばっさりと短く刈りこまれている。

「髪が！　あなたのきれいな髪が！」「ああ、ジョー、どうしてこんなことを？　あなたのいちばんのじまんだったのに」「あなたったら、こんなことまでしてくれなくてもよかったのよ」「あたしのジョーねえさんとは別人みたいになっちゃったけど、なおさら大好きよ、ジョー！」

　みんなが口々にさけび、ベスは短くなった頭をやさしくだきしめた。そのなかでジョーは、なんでもない顔をよそおってみたけれど、だれもだまされなかった。

「これでお国の命運が左右されるわけじゃないんだから、泣かないでよ、ベス。あたし、髪があんまりじまんだったから、うぬぼれを直すにはちょうどよかったんだ。それにうっとうしい髪の毛がなくなってすっきり。すごーく軽くて涼しいもの。床屋のご主人がね、じきに巻き毛の短髪になるよって。そうしたら男の子っぽくてあたしに向いてるし、手入れもかんたんでしょ。満足してるんだから、このお金を使ってちょうだい。さ、夕飯食べよ」

「ねえ、どうしてこんなこと思いついたの？」エイミーが、わたしなら、美しい髪を切りおとすくらいなら首を切ったほうがましだわ、と思いながらたずねた。

「お父さんのために、なにかしたくてたまらなかったんだ」みんなでテーブルをかこむと、ジョーが話しだした。「はじめは髪を売ることなんて考えもしなかったんだけど、なにができるだろうって考えながら歩いてるうちに、床屋のウィンドーに値札のついた髪の毛の束が置いてあることに気がついたの。そのうちのひとつは黒髪で、あたしの髪ほどたっぷりしてもいないのに、四十ドルだったんだよ。それでとつぜん、自分にも売り物があるってひらめいて、あとさき考えずに『髪の毛を買ってくれませんか。この髪、いくらになります？』ってきいたの」

「うわあ、すごい勇気ね」ベスが、心からおどろいていった。

「はじめ床屋のご主人は、びっくりしちゃってね。女の子がとびこんできて髪を買いとってくれなんていうことは、あまりないみたい。おたくの髪は、はやりの色じゃないとか、手間がかかるからたいしてはらえないとか、そんなことばかりいうの。おまけにおそくなってきたし、すぐにやってもらわないともう二度とできないような気がしたから、どうかお願いしますってたのみこんで、いそいでいるわけを説明したんだ。そしたらおかみさんが横から『買っておあげよ、トーマス。あたしだって、売り物になるような髪の毛があれば、うちのジミーのために同じことをするだろうよ』っていってくれたの」

「ジミーって？」エイミーがきいた。エイミーは、説明してもらわないと、先へ進めないたちだ。

「息子さん。やっぱり軍隊にいるんだって。知らない者同士でも、そういうことで身近に感じてくれるものなんだね」

「最初にはさみを入れられたとき、こわくなかった？」メグが身ぶるいした。

「ご主人が道具を準備してるあいだ、見納めに髪の毛をよく見ておいたけど、それだけ。あたしは、それくらいのことでガタガタいわないもん。でもね、正直いって、髪がテーブルの上にのせられてるのを見たときは、へんな気持ちだった。自分の頭は、軽くてすかすかだし。なんだか腕か脚をもがれたみたい。そうしたら、あたしが髪をじっと見つめてるのにおかみさんが気づいて、記念にひと房くれたんだ。はい、過ぎし日の思い出としてお母さんにあげる。短髪はらくちんだから、もうあんな長くすることはないと思うし」

マーチ夫人は、うねうねと波打つ栗色の髪を、夫の短い灰色の髪といっしょにして机のひきだしにしまった。

その夜メグは眠れずに、ベッドのなかで、これまでにないほど真剣に物思いにふけっていた。となりでジョーが身動きせずに横たわっているので、寝たものとばかり思っていたが、押しころした泣き声がきこえてきたので、おどろいてジョーのほほにふれると、涙でぬれていた。

「ジョー、どうしたの？　お父さんのことで泣いてるの？」

「ううん、今はちがう」

「じゃあなあに？」

「あたしの――あたしの、髪！」ジョーは、枕に顔を押しつけたが、泣きやむことができない。

メグは、笑う気になれなかったので、ジョーにキスしてやさしくなぐさめた。

「後悔してる、わけじゃない」ジョーは、泣きじゃくりながら説明した。「できるなら、あしたまた、同じことをするよ。ただ、わがままで、うぬぼれ屋の心が、こうやってばかみたいに泣いてるだけ。だからだれにもいわないで。……ねえさんこそ、なんでまだ起きてるの？」

「眠れないの。心配で」

「楽しいことを考えれば、すぐに眠れるかもよ」

「ためしてみたけれど、かえって目がさえちゃった」

「なにを考えたの？」

「ハンサムなお顔――とくに、目かな」メグは、暗いなかでにっこりした。

「何色の目が好き？」

「茶色――いつもってわけじゃないわよ。青もすてきだけれど」

ジョーは笑い、メグは、もうおしゃべりはおしまいよ、と釘をさしてから、髪がのびたらカールしてあげるわねと約束して、眠りについた。

時計が十二時を打つと母が部屋に入ってきた。母は、静かにベッドからベッドへとまわりながら、眠っている娘たちにキスをし、祈りをささげた。それからカーテンをあけて暗くわびしい夜空を見あげた。そのとき、ふいに雲間から月が顔を出して、明るくかがやいた。まるで「安心なさい、雲の向こうにはいつでも光がさしているのですよ」と語りかけるように。

16
手紙

翌朝も寒くて、どんよりとくもっていた。四人は夜明けに明かりをともして、いつもの本をこれまでにないほど熱心に読んだ。ほんものの苦労がふりかかってきた今、この小さな本のなかに、救いとなぐさめがつまっていることがしみじみと感じられる。四人は服を着がえながら、不安な旅に出るお母さんに向かって明るく希望を持ってお別れをいおう、涙を見せたり不平をいったりしないようにしようと申しあわせた。

だれもあまり話をしなかったが、馬車の時間が近づいてくると、母は娘たちに声をかけた。

「あなたたちのことは、ハンナがめんどうを見てくれるし、ローレンスさんが気にかけてくださるから心配はしていないわ。でも自分でもしっかりと受けとめてほしいの。わたしが留守のあいだ、なげき悲しんだりくよくよしたりしないこと。なまけて、なにもかもわすれて楽になろうとするのもだめよ。いつものように自分のするべきことをなさい。仕事こそが、なによりのなぐさめなのだから。希望を持っていそがしく働いて、なにが起ころうとも父なるお方がいつもそばにいらっしゃることをわすれないでね」

「はい、お母さん」

「メグ、妹たちのめんどうをしっかり見るのよ。ハンナとよく話をして、むずかしいことがあったら、ローレンスさんにご相談なさい。ジョーは、がまんが大切よ。しょげかえったり、早まったりしてはだめ。よく手紙を書いて、あなたらしく勇気を持ってすごすのよ。みんなを助けて、力づけてあげてちょうだい。ベス、あなたは音楽をなぐさめにしながら、おうちのことをきちんとしてね。そしてエイミー、いっしょうけんめいおねえさんたちの手伝いをなさい。よくいうことをきいて、おうちで元気に楽しくすごすんですよ」

「わかりました、お母さん。がんばります！」みんなは口をそろえていった。

馬車が、ガラガラと近づいてきた。

「じゃあ、いってきます。神さまのご加護を祈りましょう！」マーチ夫人はささやいて、みんなの顔にキスをしてから、いそいで馬車にのりこんだ。

馬車が動きだすと、雲間から日がさして門の前にたたずむ娘たちを照らした。マーチ夫人には、それが明るいきざしのように思われた。角を曲がる前、最後に見えたのは、四人の明るい顔と、そのうしろにみんなを守るように立つローレンス氏、たよりになるハンナ、そしてけんめいにつくしてくれるローリーの姿だった。

ローレンス家の人たちが朝食をとりに帰っていくと、ジョーがいった。

「はあ、なんだか地震にでもあったような気分だよ」

「家が半分空っぽになっちゃったみたいね」メグも、心細そうにいった。

ベスはなにかをいおうとして口をひらいたものの、言葉が出ずに、ただお母さんのテーブルを指さした。そこには、ていねいにつくろった娘たちの靴下がつんであった。あわただしいなかでも、出かける寸前までわたしたちのために働いていてくれたんだ……。四人は、けなげな決意もどこへやら、いっせいに泣きくずれてしまった。

ハンナは気をきかせて、みんなをしばらく泣かせてくれた。そしてようやく気が静まるころ、コーヒーポットを持ってやってきた。

「さあさ、お嬢さまがた、お母さまのお言葉を思い出して、元気を出さないと。コーヒーを一杯飲んで、それから仕事をはじめましょう。さすがはマーチ家の人だといわれるようにね」

コーヒーはおいしくて、十分後には、みんなまた元気をとりもどした。

「『希望を持って、いそがしく』をモットーにしなくちゃね。あたしはいつものように、マーチおばさんのところへいくよ。きっとお説教されるだろうけど」ジョーがいった。

「わたしもキングさんのお宅へいくわ。ほんとうは、家で用事を片づけたいけれど」メグもいう。

「だいじょうぶよ。わたしとベスで、家のことはきちんとこなしますから」エイミーが、大人びた口調でいった。

「ハンナにいろいろ教わって、ねえさんたちが帰ってくるまでには、なにもかも片づけておくわ」ベスは、早くもモップと洗いおけを手にしている。

「心配って、なんだか楽しいわね」エイミーが角砂糖をかじりながら、もっともらしい口調でいったので、みんなは思わず笑ってしまった。おかげで少し気分が軽くなった。

けれども仕事に持っていくほかほかのパイを目にすると、ジョーはまた顔をくもらせた。そしてメグといっしょに道に出たところで悲しげにふりかえり、家の窓に目をやった。いつもなら、そこからお母さんが見おくってくれるのに……。ところが、きょうはかわりにベスがいた。ベスは、毎朝のこのささやかな儀式を思い出して窓辺にかけつけてくれたのだ。バラ色のほほをした首ふり人形みたいに、何度もなんどもうなずいている。

「もう、ほんとうにベスらしいんだから！」ジョーはうれしくなって、帽子をふりまわした。

お父さんの容体を知らせる手紙がとどくと、姉妹は心からほっとした。まだ危険な状態ではあるものの、だれよりもやさしくすばらしい看護人が到着したおかげで、ぐんぐんよくなってきたという。ブルックさんが毎日報告を送ってくれるのを、お母さん代わりのメグが読みあげた。手紙のトーンは日ましに明るくなっていく。はじめのうちは、だれもが熱心に返事を書いた。ぱんぱんにふくれあがった封筒をきょうだいのだれかがていねいに郵便箱に入れる。どんなことが書いてあるのか、少しのぞいてみよう。

「大好きなお母さんへ
このあいだのお手紙、どんなにうれしかったことか。いいお知らせに、みんなで泣いたり笑ったりしました。ブルックさんはおやさしいですね。妹たちはみんないい子にしています。ジョーはぬいものを手伝ってくれるし、力仕事はぜんぶこなしてくれます。ベスはいつもどおりきちんと家事をこなしています。エイミーはがんばって、髪を自分でむすぶようになりました。わたしもエイミーにボタンの穴かがりや、靴下のつくろい方を教えています。みんな元気にやっているけれど、お母さんが帰ってくるのが待ち遠しいです。お父さんにどうかよろしく。メグより」

メグの手紙は、香りつきの便せんにていねいに書かれていたが、つぎの手紙は大きな薄紙にいきおいよく書かれ、インクのしみやくるっとカールした線が、にぎやかにちりばめられていた。

「親愛なるお母さんへ
お父さんにばんざい三唱！　お父さんがよくなったことをすぐに電報で知らせてくれるなんて、ブルックさんは最高ですね。うちではみんな、とてつもなくいい子にしてます。メグねえさんが、テーブルの上座にすわってお母さん然としてるところを見たら、お母さん、笑っちゃうかも。ねえさんは毎日きれいになっていくので、あたしはときどきうっとり見とれてしまいます。下のふたりも天使みたいにいい子です。あたしだけは、いつものジョーだけど。あ、そうだ、このあいだローリーと、つまらないことで大げんかしそうになりました。ローリーが、きみがあやまるまで二度とこないといって、帰ってしまったの。ローリーもあたしもどちらも意地っぱりだから、自分からごめんなさいっていえなくて。でも夜になってから、エイミーが川に落ちたときお母さんから言われたことを思い出しました。『日がくれるまで怒りを持ちこしてはならない』って。それでやっぱりあやまろうと思ってかけだしたら、門のところでローリーとばったり。向こうも同じことを考えて、出てきたところだったんだって。それでふたりとも笑って、ごめんなさいをいいあって、仲なおりしたんだ。
お父さんに、あたしの分までぎゅっとしてあげてね。お母さんにもキスの雨を。ジョーより」

17 小さな真心

一週間のあいだ、マーチ家の娘たちは、近所にくばってあるけるほど、よい行いをかさねた。だれもが神々しいまでの心がけを持ち、すすんで人のために働いた。けれども父が持ちなおして少しほっとすると、少しずつ気がゆるんで、またふだんの生活にもどっていった。

ジョーは、髪の毛を切ったあと頭をおおわずにいたせいで、すっかりかぜをひいてしまい、マーチおばさんから、鼻声で本を読んでもらうのはいやだから、治るまでこなくてよろしいといわれた。ジョーはよろこんで、屋根裏部屋から地下室までごそごそさがしまわってかぜ薬を見つけだすと、それと本をかかえて、ソファに陣どった。エイミーは、家事と芸術を両立させるのはむずかしいということに気がついて、粘土をこねることに専念するようになった。メグは毎日、家庭教師の仕事とぬいものをこなしているものの、どこか上の空で、家では母に長い手紙を書いたり、ワシントンからの手紙を何度も読みかえしたりすることにばかり、時間をついやした。

そんななかベスだけは、めったに休みもなげきもしないで、毎日の日課をもくもくとこなし、そのうえきょうだいがほったらかした仕事まで片づけていた。母への恋しさや、父への心配でつらくなったときには、クロゼットに入りこんで、なつかしいお母さんのドレスのひだに顔をうずめ、人知れず泣いたりお祈りしたりするのだった。

母がワシントンへ向けて旅立った十日後、ベスがねえさんたちにあるお願いをした。

「メグねえさん、フンメルさんのおうちにいってきてくれない？　お母さんが、フンメルさんのこともわすれないようにっていってたでしょう」

「きょうはくたびれてるから、無理だわ」メグは、ゆりいすにゆられながらぬいものをしている。

「ジョーねえさんは？」

「お天気が悪いし、かぜが治りきってないからやめとく」

「もう治ったと思っていたのに」

「ローリーと遊びにいく程度なら大丈夫だけど、フンメルさんのところにいくのはむずかしいんだ」ジョーは笑いながらも、ちぐはぐないいわけに、少しばつの悪そうな顔をした。

「自分でいったら？」メグがきいた。

「毎日いっているけど、赤ちゃんの具合が悪くて、どうすればいいかわからないの。フンメルさんは仕事にいかなきゃならないし、娘のロッチェンが世話をしているんだけど、悪くなる一方だから、メグねえさんかハンナにいってもらったほうがいいと思って」

　ベスがけんめいにうったえると、メグは、あしたいくわと約束した。

「ハンナになにかおいしいものをつくってもらって、持っていってあげれば。あんたも外の風にあたったほうがいいと思うし。あたしがいってもいいけど、原稿を書きあげたいんだ」

「あたし、なんだか頭がいたくて、体もだるいの」

「もうちょっとしたらエイミーが帰ってくるから、たのんでみれば？」メグが提案した。

「そうね。じゃあそれまで少し横になってる」

　ベスはソファに横になり、ほかのふたりはそれぞれの仕事にもどって、フンメルさんのことはわすれてしまった。一時間後、エイミーはまだ帰ってこなかった。メグは部屋にこもって縫いあげたドレスの試着をはじめ、ジョーは小説の執筆に夢中になり、ハンナは台所のこんろの前でぐっすりと昼寝をしていた。ベスはだまってフードをかぶると、かわいそうな子どもたちのために食べ物をバスケットにつめ、頭痛をこらえながら、つらい顔で寒いなかに出かけていった。

　ベスが帰ったのは、ずいぶんおそくなってからだった。だれにも気づかれずにそっと階段をのぼると、お母さんの部屋にもぐりこんでドアをしめた。その三十分後、ジョーがさがしもので母の部屋をあけると、ベスが薬箱に腰かけて、びんを片手に持ち、目を真っ赤に泣きはらしていた。

「うわ、びっくりした！　いったいどうしたの？」ジョーがさけぶと、ベスはジョーを遠ざけるように片手をのばして、早口にたずねた。

「ジョーねえさん、しょうこう熱にかかったことある？」

「うん、何年も前に。メグといっしょにやった。どうして？」

「じゃあ話すわ。ああ、ジョー、赤ちゃんが死んじゃったの！」

「赤ちゃんって？」

「フンメルさんの赤ちゃん。おばさんが帰ってくる前に、あたしの腕のなかで死んじゃったの」

ベスが泣きじゃくった。

「まあ、かわいそうに！　こわかったでしょう。あたしがいけばよかった」ジョーは、ひどく後悔しながらベスをだきあげ、いっしょにお母さんの大きないすに腰かけた。

「こわくはなかったけれど、すごく悲しくて。ひと目見て、悪くなってるってわかったの。でもロッチェンが、お母さんがお医者さまを呼びにいったっていうから、あたしが赤ちゃんをだっこして、ロッチェンを休ませてあげたの。赤ちゃんは眠ってるみたいだったけど、とつぜんちょっと泣き声をあげて、ぶるっとふるえて、そのまま動かなくなっちゃった。あたしが足をあたためても、ロッチェンがミルクを飲ませようとしても動かなくて、死んじゃったってわかったの」

「泣かないで、ベス。それからどうしたの？」
「すわって、赤ちゃんをじっとだっこしているうちに、おばさんがお医者さまをつれてきたわ。お医者さまは、『赤ちゃんはもう死んでます』っていって、それからやっぱりのどが痛いハインリッヒとミーナを診察して『しょうこう熱です。もっとはやく呼んでくれないと』って、ふきげんにおっしゃったの。フンメルさんが、『お金がないので自分で治そうとしたけど手おくれでした。上の子たちを助けてください。お代ははらえないんですが、お慈悲でなんとか』っていったら、にっこりして少しやさしくなったけれど。あたしはとても悲しくて、みんなといっしょに泣いていたの。そうしたらお医者さまがきゅうにふりむいて、『すぐ家に帰ってべ

ラドンナ剤を飲みなさい、さもないとうつりますよ』っておっしゃったの」

「まさか、そんなはずないわ！」ジョーはぎくっとして、ベスをかたくだきしめた。「ああ、ベス、あんたが病気になったら、あたしは一生自分をゆるせない。どうすればいいの？」

「心配しないで。そんなにひどくはないと思うの。お母さんの本を調べたら、はじめは頭痛と、のどの痛みがあって、体がだるくなるって書いてあって、そのとおりだったからベラドンナ剤を飲んだの。そしたらよくなったわ」ベスは冷たい手をひたいにあてて、元気そうな顔をしてみせた。

「ああ、お母さんさえいてくれたら」ジョーはなげいて、本をつかんだ。ワシントンは、なんて遠いのだろう。しょうこう熱のページを読んでからベスのひたいに手をふれ、のどを見て、ジョーは、深刻な顔でいった。「ベス、あんたは、一週間以上その赤ちゃんのところへかよって、しょうこう熱のうつったほかの子どもたちとも、いっしょにいたんだよね。だから、もう、うつってると思う。あたしハンナを呼んでくる。ハンナなら病気のことにくわしいから」

「エイミーをこっちにこさせないで。まだかかってないから、うつしたらたいへん。ジョーねえさんとメグねえさんにもう一度うつることはある？」ベスは、心配そうにいった。

「ううん、うつらないと思う。うつってもかまやしないよ。こんなわがまま女、ばちがあたればいいんだ。あんたをいかせて、自分はぬくぬくとくだらない原稿を書いてたなんて」

ハンナはすぐに目をさまして、陣頭指揮にあたった。まずは、心配することはない、しょうこう熱はだれでもかかるもので、きちんと治療すればだれも死なずにすむのだから、とジョーを安心させ、ジョーはほっとしてメグを呼びにいった。

それからハンナは、ベスと話をして容体を見てからいった。

「まずはバングズ先生をお呼びして、きちんと診察していただきましょう。エイミーは、うつらないよう、しばらくマーチおばさまのところにおあずけします。それからあなたがたのひとりには、二日ほどベスにつきそっていただきますよ」

「わたしがつきそうわ。長女ですもの」メグが、ひどくうしろめたそうな顔でいった。

「ううん、あたしがつきそう。この子が病気になったのは、あたしのせいだもの。お母さんに、フンメルさんへのお使いはあたしがやるっていったのに、なまけてたから」ジョーがいう。

「ベス、あなたがお決めなさい。ひとりでじゅうぶんですのでね」ハンナがいった。

「ジョーねえさん、お願い」ベスは、ジョーの胸にもたれた。

「じゃあ、わたしはエイミーに話をしてくるわ」メグは、少しがっかりしたような、ほっとしたような気持ちでいった。看病はあまり得意ではないのだ。

エイミーは、マーチおばさんのところにいくくらいなら、しょうこう熱にかかったほうがましだと、真っ向からつっぱねた。メグはなだめたり、すかしたり、指図したりしたが、エイミーはがんとして首を縦にふらない。メグはとうとうあきらめて、ハンナに相談しにいった。

入れちがいにローリーがやってきて、エイミーが、居間のソファにつっぷして泣いているのに気がついた。エイミーが、なぐさめてもらえるものと思っていきさつを話すと、ローリーはポケットに手をつっこんで口笛を吹きふき、部屋のなかを歩きまわった。眉を寄せてなにやら考えこんでいる。やがてエイミーのとなりにすわると、とびきり甘い口調でいった。

「ねえ、かしこいお嬢さんらしく、いわれたとおりにしようよ。泣かずによくきいて。ぼくにすてきな考えがあるから。きみがマーチおばさんのうちにいったら、ぼくが毎日たずねていって、きみをつれだしてあげるよ。馬車にのったり、散歩をしたりして楽しくすごすんだ。そのほうが、ここでくすぶってるよりずっとましだと思わない？」

「でも、じゃま者みたいに追いだされるのがいやなの」

「子どもだなあ。きみにうつらないようにするためなんだよ。病気になりたくはないだろ？」

「そりゃあそうだけど」

「ぼくが毎日顔を出せば、たいくつしないですむよ。ベスのようすも教えてあげられるし、遊びにもつれていってあげる。ぼくはマーチおばさんのお気に入りだから、できるだけ感じよくふるまって、ケチをつけられないようにするさ」

「ほんとうに毎日きてくれる？」

「もちろん」

「ベスがよくなったら、すぐにつれもどしてくれる？」

「うん、そのしゅんかんにね」

「じゃあ……いっても……いいわ」

「よし、いい子だ！　じゃあメグに、いきますっていっておいで」

メグとジョーは、ローリーがどんな魔法を使ったのかと、二階からかけおりてきた。

「ベスはどう？」ローリーがきいた。ベスのことは特別かわいがっているので、顔には出さないものの、ひどく心配していた。

「お母さんのベッドに寝たら、少し気分がよくなったみたい。赤ちゃんが死んだことに心を痛めているけれど、わたしは、かぜじゃないかと思っているの。ハンナもそういってるわ。なのに、とても心配そうな顔をしていて、その顔を見ると不安になるの」メグがいった。

「世の中つらいよね」ジョーが髪をかきむしった。「ひとつ心配ごとをのりこえたと思ったら、またつぎがふりかかってくるんだもの」

「ジョー、そんなふうにしたらハリネズミになっちゃうだろ。似合わないから、髪をなでつけて。それより、お母さんに電報を打とうか？　することがあったら教えてよ」

「そう、わたしもそれが気になってるの」メグがいった。「ベスの具合が悪くなったらお母さんに知らせた方がいいと思うんだけど、ハンナはだめだっていうの。お母さんはお父さんのそばをはなれられないから、ただ心配ごとを増やすだけだって。ほんとうにそれでいいのかしら」

「ふうむ。なんともいえないな。お医者さまにみていただいてから、うちのおじいさまに相談するのはどうだろう」

「そうね。ジョー、すぐにバングズ先生を呼んできて。でないと話が進まないわ」メグがいった。

「きみは家にいなよ、ジョー。使いっ走りならぼくがやる」ローリーが帽子を手にとった。

バングズ先生は、ベスを診察すると、たしかにしょうこう熱の症状が出ていますが、軽くてすむでしょうといった。ただ、フンメルさんの話をすると、むずかしい顔になった。エイミーはすぐにマーチおばさんの家へいくよう命じられ、予防の薬をもらってから、ジョーとローリーにつきそわれて出発した。

おばさんは、いつものことながら、ひどくぶあいそうに三人をむかえた。

「こんどはなんだね？」めがねごしにぎろりとにらむと、いすの背にとまっているオウムのポリーがさけんだ。

「あっちいけ、男の子は、ダメ」

しかたなくローリーは窓ぎわまでさがって、ジョーがこれまでのいきさつを説明した。

「だからいわんこっちゃない。貧しい者の家なんかうろつくからだよ。エイミーは置いていってかまわない。健康ならなにかの役に立つだろう。もっともどうせ具合が悪くなるだろうがね――今だって病人みたいな顔をしてるじゃないか。これ、泣くんじゃないよ。ぐすぐすやられると、気にさわってしょうがない」

エイミーは今にも泣きだしそうだったが、ローリーがタイミングよくポリーの尾羽をひっぱったので、ポリーはびっくりして「なんちゅうこっちゃ！」とさけんだ。そのいいかたがあまりにもおかしかったので、エイミーは逆に笑いだしてしまった。けれどもまもなくジョーとローリーは帰ってゆき、エイミーはひとり、とりのこされた。

「たえられそうにないけど、がんばるわ」エイミーが決意したとたん、またポリーがさけんだ。

「とっととうせろ、ばけものめ！」エイミーはついに泣きだしてしまった。

18 暗い日々

ベスはやはりしょうこう熱にかかっていた。みんなが思うよりはるかに重かったが、そのことは、ハンナとお医者さましか知らなかった。娘たちは病気のことはなにも知らないし、ローレンス氏はベスとの面会をゆるされていない。だからハンナがすべてをとりしきった。バングズ先生も最善をつくしてはくれたものの、いそがしいのでハンナのすばらしい看護をたのみにしていた。

メグは、キング家の子どもたちに病気をうつすといけないので、仕事を休んで家事をしていたが、心配でたまらないうえに、母に手紙を書くときベスのことにふれられないのがひどくつらかった。けれどもハンナが「こんなつまらないことで、奥さまにご心配をかけちゃなりません」というので、いうことをきくしかなかった。

ジョーは昼も夜もベスにつきっきりだった。ベスはとてもがまん強くて、苦しくても文句ひとついわない。けれどもやがて熱に浮かされてかすれ声でうわごとをいったり、ベッドカバーの上で大好きなピアノをひくように指を動かしたり、はれあがったのどでうたおうとして声が出なかったり、家族の顔がわからなくなってちがう名前でよびかけたり、悲痛な声で母を呼んだりするようになると、ジョーは胸がつぶれる思いがし、メグも、母への手紙に本当のことを書かせてほしいとハンナに泣きついた。さすがのハンナも「考えておきましょう」といってくれたが、「今のところはまだだいじょうぶ」と、なかなかゆずらなかった。

そんなとき、ワシントンからとどいた手紙が、心痛に追い打ちをかけた。父の病気がぶりかえして、まだ当分帰れそうにないというのだ。

なんて暗い日々なのだろう。家のなかはがらんとしてもの悲しく、メグとジョーの心はたとえようもなく重かった。かつて幸せだったこの家に、今は死の影がしのびよっていた。

ローリーもじっとしていられないのか、幽霊のようにしじゅうマーチ家に出没した。ローレンス氏はグランドピアノに鍵をかけてしまった。夕方のひとときを楽しいものにしてくれたベスのことを思い出すのがつらかったのだ。だれもがベスに会えないのをさびしがっていた。牛乳配達人や、パン屋さん、肉屋さんもベスのようすをたずねた。あのはずかしがりの小さなベスに、こんなにたくさんの友だちがいたなんて、おどろきだった。

ベスは、お人形のジョアンナといっしょに寝たり、お父さんに手紙を書くから紙と鉛筆をちょうだいといったりすることもあったが、やがて目をさましている時間も少なくなり、意味のわからないことをつぶやきながら、ひたすら寝返りを打ったり、なんの回復ももたらさない眠りに落ちたりするばかりになった。

バングズ先生は一日に二回来診してくれ、夜中はハンナがつきそった。メグはいつでも送れるよう、机のなかに電報の用紙をしのばせ、ジョーはベスの横をけっしてはなれようとしなかった。

十二月一日はひどく寒い日だった。バングズ先生は、朝、来診し、長いことベスを診察してから、低い声でハンナにいった。

「マーチ夫人がご主人のそばをはなれられるなら、お呼びしたほうがいいでしょう」

ハンナはくちびるをふるわせながら、無言でうなずいた。メグはいすにへなへなとすわりこんでしまった。ジョーはしばらく真っ青な顔で立ちつくしたあと、居間にとびこんで電報の紙をとりだし、一目散にかけだした。まもなくもどってきて、無言で外套をぬいでいると、ローリーが手紙を持ってやってきた。父がまた持ちなおしたという。ジョーはありがたくその手紙を読んだものの、心は晴れない。あまりにもつらそうな顔をしているので、ローリーがたずねた。

「どうしたの？　ベスの具合が悪いのかい？」

「お母さんに電報を打ってきたところ。お医者さまにいわれて」

「ええっ、まさかそんなに悪いわけじゃないよね？」

「悪いの。あたしたちのことがわからないし、前は壁紙のツタの葉が緑色のハトみたいなんていってたのに、もうそんな話もしない。あたしのベスじゃないみたい。なのにお父さんもお母さんもいなくてだれにもすがれないし、神さまもあんまり遠くて、どこにいるのかわからない」

ジョーがぽろぽろと涙をこぼしながら、暗やみをさぐるように手をのばすと、ローリーはその手をとって、ささやいた。ローリーののどにも、かたまりがこみあげていた。

「ベスは死んだりするもんか。あんなにいい子で、みんなから愛されているんだもの。神さまは、まだベスをおつれにはならないよ」

「善良で愛されてる人ほど、はやく召されるものだわ」ジョーはしぼりだすようにいった。

「かわいそうに、ジョー。つかれているんだね。そんなにうちひしがれた姿は、きみらしくない。ちょっと待って。今、元気の出るものを持ってくるから」

ローリーは一段ぬかしで階段をかけあがると、ワインを一杯持ってかけおりてきた。ジョーはにっこり笑ってそれを受けとり、元気をふりしぼっていった。

「ベスの回復を祈って、乾杯！　あなたはお医者さまだね、ローリー。そしてほんとうに気の合う友だち。どうやってお礼をすればいいかわからないけど」ワインはジョーの体にしみわたり、ローリーのやさしさは、不安でいっぱいのジョーの心にしみわたった。

「そのうち請求書でも送るよ。今夜はもうひとつ、ワインよりもっときくものがあるんだ」

「えっ、なになに？」ジョーは、一瞬、気持ちをそそられてなやみをわすれた。

「じつはきのう、きみのお母さんに電報を打ったんだ。そうしたらブルック先生から、お母さんがすぐにたつという返事がきた。今夜、到着するはずだ。もうだいじょうぶだよ」

ジョーはよろこびのあまり血の気が失せたが、それと同時にいきおいよく立ちあがり、ローリーの首にだきついて、相手をびっくりさせた。

「ああ、ローリー！ ああ、お母さん！ うれしい！」

ジョーはとめどなく笑いだし、とつぜんの知らせにとまどったように、ふるえながらローリーにしがみついた。ローリーは、あっけにとられながらも、落ちついてジョーの背中をぽんぽんたたき、えんりょがちに二度キスをした。するとジョーははっとわれに返って、階段の手すりにつかまりながら、静かに体をはなした。

「ああ、ごめんなさい。そんなつもりじゃなかったの。あたしったら、ひどいよね。ハンナになないしょで電報を打ってくれたのが、あんまりうれしかったから、思わずだきついちゃった。ねえ、ぜんぶ話してきかせて。あ、もうワインはいらないよ。へんになっちゃうから」

「ぼくはかまわないけどね」ローリーは笑って、ネクタイを直した。「じつは、ぼくもおじいさまも、きみのお母さまに知らせたほうがいいんじゃないかと、思っていたんだ。ベスになにかあったら、お母さまはきっとゆるしてくださらないよ。きのうはお医者さまも深刻な顔をしていただろう。それでひとっ走り郵便局にいってきたんだ。お母さんはじきに帰っていらっしゃるよ。夜中の二時におそい列車が着くから、ぼくがむかえにいく。だから今はまだよろこびをおさえて、お母さんがもどってくるまで、ベスを静かに寝かせてあげるといい」

「ローリー、ほんとうにありがとう。感謝の言葉もないくらい」

「じゃあ、もう一度だきついてよ。あれ、ちょっとよかったな」ローリーはいたずらっぽい顔をした。この二週間ほど、見せたことのなかった顔だ。

気持ちのいい風が、家のなかを吹きぬけたようだった。しんとした家のなかに、お日さまよりも明るい光がさしてきた。窓辺に置かれたエイミーの植木鉢で、バラのつぼみがひとつふくらんでいた。ジョーとメグは、青ざめた顔を見あわせてはにっこりし、だきあって「お母さんが帰ってくる！　帰ってくるのね！」と、耳もとでささやきあった。

けれどもベスだけは、希望もよろこびも、不安も危険もなにも感じずにこんこんと眠っていた。

それは胸の痛む光景だった。かつてバラ色をしていたほほは見るかげもなくやつれ、いつもいそがしく動いていた手も、力なくやせほそっている。よく手入れされていた美しい髪の毛は、ぼさぼさにもつれて枕の上にひろがっている。ベスは一日中こうして眠りつづけ、たまに目をさましては、かさかさのくちびるでかすかに「お水」とつぶやくばかりだった。

一日中雪がふり、はげしい風が吹きすさんでいた。時間はのろのろとすぎて、ようやく夜になった。ベッドの両わきにすわった姉妹は、時計が鳴るたびに目をかがやかせて顔を見かわした。救いの手が、刻々と近づいてくる。お医者さまは、昼間、よきにつけ悪しきにつけ、夜中の十二時ごろに容体が変わるだろうから、そのころにもう一度くるといっていた。

「もし神さまがベスを救ってくださったら、もう二度と不平をいわないわ」メグがつぶやいた。

「神さまがベスを救ってくださったら、あたしは一生神さまを愛してお仕えする」ジョーもいう。

「心なんて、なければいいのに。痛くてたまらないんですもの」メグが、ため息をついた。

時計が十二時を打った。ベスのやつれた顔に、なにかがよぎったように思えて、ふたりはじっとベスを見つめた。家のなかは死んだように静まりかえり、風のうなる音しかきこえない。また一時間がすぎた。なにも起こらない。ローリーが、ひとり静かに駅へ向かって出発した。さらに一時間――まだだれも到着しない。雪でおくれているのだろうか。とちゅうで事故にでもあったのだろうか。まさか、ワシントンで悲劇があったのでは……不吉な想像が、娘たちにまとわりつく。

二時をまわるころ、ジョーは窓辺にたたずんでひどくわびしい雪景色を見つめていた。そのとき、ベッドのわきでだれかが動いた気配がした。ぱっとふりかえると、メグがお母さんの安楽いすのとなりにひざまずき、両手で顔をおおっている。ジョーは、背筋が冷たくなった。

「ベスが死んだんだ。でもメグはいえずにいるんだ」

うろたえたままベッドのそばへとんでもどると、ベスのようすが変わっていた。熱の赤みも、苦しげな表情も消え、かわいらしい小さな顔は青白く、静かで、安らぎにつつまれている。ジョーは泣いたり、なげいたりする気も起こらず、いとしい妹の上に身をかがめると、そのしめったひたいに心をこめてキスをし、そっとささやいた。「さよなら、あたしのベス。さようなら」

この物音で目ざめたのか、ハンナが枕元にかけよってきた。ベスの顔を見、手をにぎり、呼吸をたしかめると、エプロンで顔をおおって床にすわりこみ、体を前後にゆらしながらささやいた。

「熱が下がりましたよ。すやすやと眠っています。肌にもしめりけがあるし、息もおだやかになりました。ああ、神さま！　ああ、ほんとうによかった！」

姉妹がこのいい知らせを信じきれずにいるうちに、お医者さまがやってきて、たしかめてくれた。先生は地味な人だったが、この日の笑顔は、ことのほかかがやいて見えた。

「妹さんは峠をこえましたよ。静かにしてゆっくり休ませ、目がさめたら――」

目がさめたらなにをすればいいのか、ふたりともきいていなかった。暗いろうかにしのびでて、階段にすわってかたくだきあい、言葉もなくよろこびを分かちあっていたのだ。部屋にもどり、ハンナとだきあってキスを交わそうとすると、ベスはいつものように片手にほほをのせて眠っていた。ほほには赤みがもどり、たった今眠りについたように、安らかに息をしている。

「ああ、今、お母さんが帰ってきてくれればいいのに」ジョーはいった。空が白みはじめていた。

「見て」メグがひらきかけた白バラをもってきた。「もしベスが旅立ってしまったら、このバラをつぼみのまま持たせるしかないと思っていたの。でも夜のうちに咲きはじめたのよ。だから花びんにさして、目をさましたとき、真っ先にこのバラとお母さんの顔が目に入るようにするわ」

こんなに美しい夜明けは、はじめてだった。世界がこんなにきらめいているのもはじめてだった。長くつらい一夜を明かしたメグとジョーは、まぶたをはらして、明け方の風景をながめた。

「なんだか魔法の国みたい」メグが、カーテンのかげから白銀の夜明けを見つめて、ほほえんだ。

「ねえ、きいて！」ジョーが立ちあがった。

そう、階下で玄関の呼び鈴が鳴り、ハンナが声をあげたのだ。つづいてローリーのうれしそうな声がきこえてきた。

「みんな、お母さまだよ！　お母さまが帰っていらしたよ！」

19 エイミーの遺言状

一方エイミーは、マーチおばさんの家でさんざん苦労していた。そして自分が家でどれほどかわいがられ、あまやかされてきたかを、はじめてしみじみと感じていた。マーチおばさんは、人をあまやかすのがきらいだ。でもおぎょうぎのいいエイミーのことはとても気に入ったので、家で好き勝手にふるまって身についた欠点をたたきなおしてやろうと考えた。

エイミーは毎朝ティーカップを洗い、古めかしいスプーンや、どっしりした銀のティーポットや、グラスをぴかぴかになるまでみがかされた。それがすむとこんどはそうじ。マーチおばさんは、ちりひとつ見のがさないのでとてもたいへんだ。足が悪くて大きないすからはなれられないおばさんのために、一階と二階を何度となく往復して、さがしものをしたり使用人への指示を伝えたりする用事もある。つらい仕事が終わるとこんどは勉強だ。そのあとようやく一時間の運動か遊びがゆるされる。これほど楽しみなことがあっただろうか。

ローリーは毎日やってきて、マーチおばさんをうまくまるめこみ、エイミーを散歩や馬車の遠乗りにつれだしてくれた。なにより楽しみなひとときだ。ローリーと、年とったメイドのエスターがいなかったら、このつらい毎日をのりこえることなどけっしてできなかっただろう。

エスターはフランスの生まれで、マーチおばさんのことを「マダム」と呼び、長年この家に住みこんできた。おばさんは、ひとりではくらしていけないので、近ごろではエスターのほうがむしろいばっているほどだった。エスターは、マドモワゼル、すなわちエイミーのことを気に入って、マダムのドレスにレースをつけるときなど、エイミーをそばにすわらせ、フランスにいたころのおかしな話をたくさんして、楽しませてくれた。

エスターはまた、エイミーが大きな家のなかを歩きまわって、衣装だんすや古い長持にしまわれた珍品や美しいものを見ることをゆるしてくれた。なかでもエイミーが気に入ったのは、変わったひきだしのたくさんついたインド製のたんすだった。その中身を手にとってじっくり見たり、ならべかえたりするのが、エイミーには楽しくてしかたがなかった。いちばんのお気に入りは、宝石箱だ。ふたをあけるとベルベットのクッションの上に、四十年前、美しかったおばさんの胸もとや指先をかざったアクセサリーが大切にしまわれている。そのなかには、おばさんが結婚式の日に父親からおくられた真珠のアクセサリーや、恋人からもらったダイヤモンド、そしておさないときに亡くなったひとり娘のブレスレットがあった。ひとつだけべつの箱には、おばさんの結婚指輪がしまわれていた。太くなってしまった指にははまらないが、なによりも大切なものとして、ていねいにしまってあった。

「おばさまが亡くなったら、こういうきれいなものはどこへいくのかしら」エイミーは、宝石をゆっくりともとにもどし、箱をひとつひとつしめながらつぶやいた。

「あなたやおねえさまがたのところですよ。マダムがそう打ちあけてくださいました。わたしは遺言状の立会人もつとめましたからね。そう書いてありましたよ」エスターが、にっこりした。

「まあ、すてき！　でもどうせなら、今くだされぱいいのに」

「若いお嬢さまがたには、まだ、はやすぎますよ。真珠は、最初に婚約なさったかたにあげると、マダムはおっしゃってました。小さなトルコ石の指輪は、あなたが帰るとき、もらえるはずですよ。マダムが、あなたのおぎょうぎのよさに感心してらっしゃいましたから」

「ほんとうに？　あんなすてきな指輪をもらえるなら、わたし、とびきりいい子にするわ」

その日からエイミーは、絵にかいたようにすなおな娘になり、マーチおばさんは、自分のしつけの成果があらわれたのだと思ってよろこんだ。

信心深いエスターは、エイミーの部屋のとなりの小部屋に、ささやかな礼拝堂をつくってくれた。小さなテーブルを持ってきて、その前に足のせ台を置き、壁にはべつの部屋から持ってきた聖母マリアの絵をかざった。名画の複製で、美しいものの好きなエイミーにとって、マリアさまのやさしい顔は、いくら見ても見あきないものだった。エイミーは毎日ここにひとりですわって、神さまにどうかベスをお助けくださいと祈った。

わがままをおさえて、明るく生き、だれも見ていなくとも、ほめてもらえなくとも、正しい行いができるようになりたい……。エイミーは、ほんとうによい人になるための第一歩として、マーチおばさんのように遺言状をつくることにした。そうすれば病気になって死んでも、自分の持ち物を公平に分けてもらえる。

エイミーは遊び時間に、できるだけほんものらしく遺言状を書いた。法律用語はエスターに教わり、最後に署名もしてもらった。ローリーがきたら、もうひとりの立会人になってもらうつもりだ。

雨ふりだったのでエイミーは二階へゆき、大部屋で遊ぶことにした。ここには昔風のドレスがぎっしりつまった衣装だんすがある。色あせたドレスに身をつつみ、大きな鏡の前をいったりきたりして、もったいぶっておじぎをしたり、長いすそをひきずって衣ずれの音をさせたりするのが、エイミーのお気に入りだった。この日はあまり夢中になっていて、ローリーがベルを鳴らしたのもきこえなかったし、ドアのすきまからのぞいているのにも気づかなかった。あとでローリーがジョーに語ったところによると、派手な衣装でしずしずと歩くエイミーのうしろから、オウムのポリーがふんぞりかえってトコトコとついてまわり、ときたま立ちどまってけたたましく笑ったり、「すてきでしょ？　とっとおゆき！　おだまり！　キスしてちょーだい。ハッハ！」などとさけぶようすは、おかしくてたまらなかったという。

　王女さまのごきげんをそこねないよう、ローリーは、吹きだしそうになるのをけんめいにこらえてドアをノックし、ていねいにむかえられた。

　エイミーは、古い衣装をたんすにしまうと、ポケットから紙切れをとりだした。

「これを読んで、ちゃんと法律に合っているかどうか、教えてほしいの。人生ってわからないものだし、わたしが死んだあとで、もめごとなんか起きてほしくないから」

　ローリーはくちびるをかんで笑いをこらえ、まじめくさった顔のエイミーから顔をそらして、遺言状を読みあげた。ところどころつづりがおかしかったが、重々しい口調で読みとおした。

「ゆい言状

わたし、エイミー・カーティス・マーチは、正気において、全だいさんを遺贈する。

お父さんには、いちばん上できの絵と、スケッチと、地図と、げいじつ作品を、がくぶちつきで。

それから百ドルも好きなように使ってください。

お母さんにはわたしの服をぜんぶ。ただしポケットつきの青いエプロンはのぞく。それからわたしのしょおぞお画とメダルも、愛をこめてささげる。

大好きなマーガレットねえさんには、トルコ石の指輪を（もらえたら）おくる。それからハトのついた緑の箱と、ほんもののレースと、わたしのかいたねえさんの絵を、妹のかたみとしてささげる。

ジョーには、ろうでしゅうりしたブローチと、ブロンズのインクスタンド――ジョーがふたをなくしたの――をおくる。それからわたしのいちばんだいじな石こうのウサギも、原こうをもやしたおわびにおくる。

ベスには（わたしより長生きだったら）人形と、小さなたんすと、せんすと、リンネルのつけえりと、わたしの新しい部屋ばきをおくる（もし病気のあとやせてはけるようになったら）。それからジョアンナをボロと呼んだことを、おわびする。

りん人で友人のセオドア・ローレンス氏には、わたしの紙ねん土の作品集と、ねん土の馬（「首がない」っていわれたけど）を。それから苦なんのときに示してくれた親切へのおかえしとして、わたしの絵のうちどれでも好きなものを。まりやさまがいちばん上できだと思います。

そん敬する恩人ローレンス氏には、ふたに鏡のついたむらさきいろの箱が、ペン入れにちょうどいいのでおくる。家族（とくにベス）にかけてくださったご親切に感謝する娘のかたみとして。なかよしのキティ・ブライアントには、青いシルクのエプロンと金色のビーズの指輪をキスとともに。ハンナには、ほしがってた帽子箱とパッチワークをぜんぶ。わたしを思い出してくれるように。いちばん大切なものを手ばなしたので、みんな満足して、亡き人をとがめないようにしてください。わたしはみんなをゆるします。天のラッパが鳴りひびくとき、きっとまたお目にかかれることを信じてます。アーメン。

わたしはこのゆい言状にしょ名して、ふういんします。

一八六一年十一月二十日

エイミー・カーティス・マーチ

証人　エステル・バルノア

セオドア・ローレンス」

最後の名前だけは鉛筆書きになっていた。エイミーはローリーにこれをインクで書きなおし、きちんと封印してほしいとたのんだ。

「いったいなんでこんなことを思いついたんだい？　ベスが形見分けをしていることをだれかにきいたの？」ローリーは眉を寄せた。

エイミーは、遺言状をつくろうと思ったいきさつを説明してから、心配そうにきいた。

「ベスはどう？」

「ごめん。いうんじゃなかった。でもいってしまったからには話すよ。一度、とても具合が悪くなって、ピアノをメグに、ネコはきみにあげてほしいってジョーにいったんだ。それから古ぼけた人形たちは、ジョーにかわりにかわいがってほしいって。のこせるものが少ないのをなげいて、ほかの人たちには髪の毛を、それからうちのおじいさまには心からの愛をささげたいっていってた。遺言状のことは思いつかなかったみたいだ」

ローリーが話しながら遺言状に署名をし、封印をしていると、紙の上に大つぶの涙がぽとりと落ちてきた。ローリーははっと顔をあげた。エイミーがひどく心配そうな顔をしている。

「ベスは、あぶないの？」

「うん。でも希望を持たないと。だから泣かないで」ローリーは、兄のようにエイミーの肩をだいてなぐさめた。

ローリーが帰ってゆくと、エイミーは夕やみのなか礼拝堂にこもって、ベスのために祈った。胸が痛み、涙があとからあとからあふれてくる。やさしいベスを失ったら、トルコ石の指輪を星の数ほどもらっても、悲しみがなぐさめられることはないだろう……。

20 ないしょ話

母と娘たちの再会は、言葉につくせないほど幸せなものだった。ベスが長い、安らかな眠りからさめたとき最初に目にしたのは、メグが望んだとおり、小さなバラの花と母の顔だった。ベスはひどく弱っていたので、ふしぎだとも思わずににっこりし、やさしい母の腕にもたれかかった。会いたくてたまらない気持ちが、ようやく満たされたのだった。

ベスがまた眠ってしまうと、メグとジョーが母のためにかいがいしく働いた。ベスが、細い手で母の手をにぎりしめていて、母もそれをほどこうとしなかったからだ。ハンナは、よろこびの気持ちを言葉にできなかったので、かわりにすばらしい朝食をこしらえてくれた。それをメグとジョーが、まめまめしいコウノトリのように母に食べさせ、低い声で語られる話に耳をかたむけた。父の容体、ブルックさんが残って看病すると約束してくれたこと、吹雪で列車がおくれたこと、不安と寒さでくたくたになって駅に着いたとき、ローリーの希望に満ちた顔を見て、たとえようもなく安心したこと……。

一方ローリーはエイミーをたずねて、一部始終をじつに生き生きと語ってきかせた。マーチおばさんまでが鼻をぐすぐすさせて、「だからいっただろう」とは一度もいわなかったほどだ。このときエイミーは、とてもしっかりしたふるまいを見せた。小さな礼拝堂でいろいろと考えた成果だろうか。すばやく涙をふいて、母に会いたい気持ちをぐっとおさえこみ、「まるで小さな婦人だね」というローリーの言葉におばさんが心からうなずいたときにも、トルコ石の指輪のことはちらりとも考えなかった。

寒いながらも天気がよかったので、エイミーはぜひとも外出したいと思ったが、ふと見るとローリーが、こっくりこっくり居眠りをしていた。そこでソファで寝るようにすすめて、エイミーはお母さんに手紙を書くことにした。長いことかかって手紙を書きあげ、居間にもどってきてみると、ローリーは両手をまくらにしてながながとソファにのび、ぐっすりと眠りこんでいる。

エイミーもおばさんも、このままローリーが夜まで寝ているのではないかと思いはじめたころ、おばさんの家を、なんとお母さんがたずねてきた。エイミーは思わずよろこびの声をあげ、それでローリーも目ざめることになった。

エイミーは母のひざにすわって、つらかったことを話した。ほほえんでもらったり、やさしくだきしめてもらったりするたびに心がなぐさめられ、ごほうびをもらった気持ちになった。ふた

りは、あの小さな礼拝堂にすわっていたが、エイミーが、ここでひとり静かに考えたり祈ったりしていたことを話すと、母もいい考えだといってくれた。
そのとき、母がエイミーの手を見てなにかに気づいた。エイミーも、母の目を見てさっした。
「さっき話すつもりだったのに、わすれてたの。きょうおばさまがわたしを呼んで、キスして、りっぱだったわねといって、この指輪をくださったの。あんたをずっとここに置いておきたいくらいだって。この指輪、はめていてもいいでしょう？」
「とてもきれいだけれど、こんなアクセサリーを身につけるのはまだはやいと思うわ、エイミー」

母は、エイミーのぽっちゃりした小さな手と、人さし指にはめた空色の石の指輪を見つめた。

「わたし、じまんしたりしないようにするわ。この指輪がきれいだから気に入ってるっていうだけじゃないの。わすれないためにつけていたいの」

「マーチおばさんのことを？」母が笑った。

「ううん。わがままをいわないことをわすれないようにしたいの」エイミーは真剣だ。「ベスはわがままじゃないからみんなに好かれて、病気になったときにも、あんなにみんなが心配したんだと思うの。わたしが病気になってもベスの半分も心配してもらえないし、それであたりまえだわ。でもわたしだって人に好かれたいし、たくさんの友だちに心配してもらいたい。だからがんばってベスのようになりたいの。決心してもすぐにわすれてしまうけど、目印を見るたびにそのことを思い出せれば、うまくいくと思うのよ。ね、いいでしょう？」

「わかったわ。指輪をはめて、がんばってごらんなさい。きっとうまくいきますよ。いい子になりたいと心から思えば、もう半分できたようなものだから。さあ、わたしはそろそろベスのところへもどらなくては。あと少しだから元気でいるのよ。じきにむかえにきますからね」

その晩、メグが父にあてて、母がぶじ到着したことを知らせる手紙を書いているとき、ジョーがそっと階段をのぼってベスの部屋に入ってきた。母がいつものようにベッドのわきにすわっているのを見ながら、ジョーは、髪の毛をかきむしって、なにやらまよっている。

「なあに？」母は、なんでも話してという顔で、手をさしのべた。

「お母さん、話があるの」

「メグのこと？」

「どうしてわかるの？　そう、メグのこと。ささいなことなんだけど、ずっとひっかかってて」

「ベスが眠っているから、小さな声でぜんぶ話してちょうだい。あのモファットっていう人がきたわけじゃないでしょうね？」母は、少しするどい口調できいた。

「ちがうわ。それだったら目の前でぴしゃりとドアをしめてやるもん」ジョーは、母の足もとにすわりこんだ。「夏にメグが、ローレンスさんの家で手袋をなくして、片方しかもどってこなかったことがあって。しばらくそのことはわすれていたんだけど、このあいだ、ブルックさんが片割れを持ってるって、ローリーが教えてくれたの。チョッキのポケットにしまっているんだって。あるとき落としたのを見てローリーがからかったら、ブルックさんが、メグのことが好きだけどまだ若いし、自分は貧乏だから今は告白できないといったって。ねえ、ひどいと思わない？」

「メグは、あの人のことが好きかしら？」マーチ夫人が真剣な顔できいた。

「ええっ。あたしは恋とかなんとか、そういうくだらないことはわからないよ！」ジョーは、興味がありながらけいべつするような、複雑な顔でいった。「小説のなかでは、女の子が赤くなったり、気を失ったり、やつれたり、ばかみたいなことをしたりしはじめたら、恋に落ちたっていう意味でしょ。でもメグはしっかりご飯も食べるし、よく寝るし、ごくまともだよ。あたしがブルックさんの話をしても、こっちの顔をまっすぐ見るし、ローリーに、『おふたりさん』なんてからかわれたとき、ちょっと赤くなる程度だもん」

「じゃあ、メグはジョンには興味がないというのね？」

「えっ、だれのこと？」ジョーは、目をまるくした。

「ブルックさんのことよ。わたしはジョンと呼んでいるの。病院にいるあいだにそう呼ぶようになったわ。あの人もそのほうがいいというし」

「なんてこった！　じゃあお母さんはあの人の味方なんだね。お父さんに親切にしてくれたから、追いだしたりせず、メグにその気があればお嫁にやっちゃうつもりなんだ。看病したり手伝ったりしてお母さんたちにとりいるなんて、ずうずうしいったらありゃしない！」

「ジョーったら、そんなに怒らないでちょうだい。今、いきさつを話すから。ジョンは、ローレンスさんからたのまれて、わたしにつきそってくれたの。お父さんのことをほんとうによく看病してくださったから、好きにならずにいられなかったわ。メグのことも、とても正直に打ちあけてくださったの。メグを愛しているけれど、気持ちよくくらせる家が手に入るまでは、結婚を申しこむわけにいかないって。ただメグを愛して、そのために働きたいし、メグから愛してもらえるようにがんばるから、それをみとめてほしいって。ほんとうにすばらしい青年だから、話をきかないわけにはいかなかったわ。でもメグがあんまり若いから、まだ婚約はみとめないつもりよ」

「とうぜんよ！　婚約なんてとんでもない。いっそあたしがメグと結婚して、家族につなぎとめておきたいくらいだよ」

ジョーのとっぴょうしもない考えにほほえみながらも、マーチ夫人はまじめな顔でいった。

「ねえ、まだメグにはなにもいわないでちょうだい。ジョンがこちらへもどってきて、ふたりが顔を合わせれば、メグの気持ちももっとはっきりわかるでしょうから」

「どうせメグは、すてきな目とやらに見つめられて、いちころだよ。気がやさしいから、だれかから甘ったるい目で見つめられたら、たちまち日なたのバターみたいにとろけちゃう。メグはお母さんの手紙より、あの人からきた短い手紙のほうを何度も読みかえしてたんだよ。メグにそういったらつねられたけど。茶色い目が好きだっていうし、ジョンっていう名前もきらいじゃないみたいだし、たちまち恋に落ちて、わが家の平和と楽しい時間はおしまいになるんだ。きっとあの人はなんとかお金をやりくりして、メグをさらっていく。そうなったら一巻の終わりだわ。ああ、あたしたちがみんな男なら、こんなめんどうなことにならないですむのに」

ジョーは、かかえたひざの上にあごをのせ、にくたらしいジョンに向かってこぶしをふりあげた。マーチ夫人がため息をつくと、少しほっとしたように顔をあげた。

「やっぱりお母さんもいやなんだね？　よかった。あんなやつさっさと首にして、メグにはだまっておこうよ。そうすればこれまでどおり、みんなで幸せにくらせるじゃない」

「そんなつもりでため息をついたわけじゃないのよ、ジョー。いずれみんながそれぞれの家庭を持つのは、ごくあたりまえだし、あるべきことなの。でも、娘たちをできるだけ長くそばに置いておきたいという気持ちはあるから、こんなにはやくこの話が持ちあがったのは少しざんねんよ。だってメグはまだ十七ですもの。ふたりが家庭を持つのは、まだ何年か先になるでしょうね。お父さんもわたしも、メグが二十歳になるまでは、婚約も結婚もさせないつもりよ。ほんとうに愛しあっているなら、あと何年か待てるでしょうし、そのあいだに愛がほんものかどうかたしかめることもできるわ。メグはまじめだから、ジョンに冷たくするようなことはないでしょう。ああ、かわいい、やさしいメグ。うまくことが運ぶといいのだけれど」

「どうせなら、お金持ちと結婚させたいとは思わないの？」

「お金はいいものだし、役に立つものですよ。だから、あなたがたがあんまりお金にこまったり、逆にあんまりお金がありすぎて、まどわされたりしないでほしいと思っているわ。ジョンがしっかりした仕事で身を立てて、借金なんかせずにメグと快適にくらしていければじゅうぶん。メグが質素なくらしからはじめるのでも、いっこうにかまわないの。わたしの目がたしかなら、あの子はりっぱな男性の心を勝ち得ることで豊かになれるんですもの。そのほうが財産をつくるよりすばらしいことよ」

「よくわかったわ、お母さん。あたしもそう思う。でもざんねんだな。だって、そのうちメグをローリーと結婚させたいと思ってたんだもの。そうすれば一生ぜいたくなくらしができるでしょ。すてきだと思わない？」ジョーは顔をかがやかせた。

「ローリーはメグより年下じゃありませんか。勝手にもくろみを立てないことよ、ジョー。時間と、それぞれの心にまかせるの。小細工をするとろくなことにならないわ。あなたのいう『恋みたいなくだらないこと』に気をとられて、友情をそこなったりしないようにね」

「わかってるよ。あーあ。頭にアイロンでものせて背をちぢめて、大人にならずにすめばいいのに。悲しいことに、つぼみはバラの花を咲かせちゃうし、子ネコも大きくなっちゃうのね」

「アイロンとネコがどうしたんですって？」メグが手紙を書きおえて、部屋に入ってきた。

「なんでもない。いつものあたしのばか話。さ、もう寝ようよ」ジョーは立ちあがった。

「よく書けているわね。ジョンに、わたしからくれぐれもよろしくと書きそえてちょうだい」マーチ夫人は、手紙にさっと目を通して、メグに返した。

「ジョンって呼んでるの？」メグはにっこりして、むじゃきに母の目を見つめた。

「ええそうよ。お父さんもわたしもあの人が気に入って、まるで息子のように思っているの」

「よかった。あの方、とてもさみしいみたいだから。おやすみなさい。お母さんがうちにいてくれるだけで、なんともいえないほど、ほっとするわ」

母は娘にやさしくキスをした。娘が部屋を出ていくと、母は、ほっとしたような、がっかりしたような気持ちでいった。

「あの子はまだジョンを愛していないのね。でもまもなくそうなるでしょう」

21 ローリーのいたずら、ジョーの仲裁

メグは、ジョーがなにやら秘密をかかえていることに気がついた。ほうっておけば自分から話すだろうと思ったら、めずらしく話そうとしないし、そのくせいやに恩着せがましいような態度をとる。メグは、むっとして距離をとることにし、もっぱら母の手伝いにいそしんだ。

そんなわけでジョーはひとりになってしまった。ベスの看病は母がかわってくれたし、エイミーはまだ帰ってこない。こういうときのよりどころはローリーなのに、今はちょっとローリーがこわかった。人の弱みをつかんだらあとにひかないところがあるので、たちまち秘密をききだされてしまうような気がするのだ。

その勘は正しかった。ローリーはすぐにジョーが秘密をかかえていることに気づき、あの手この手を使って、ついにそれがメグとブルックさんにかんすることだとつきとめてしまった。そして生徒の自分に打ちあけてくれなかったことをくやしがり、仕返しをしてやろうと考えた。

数日後、ジョーは、例の小さな郵便局の手紙を家族に配達していた。

「メグねえさんにお手紙。あれっ、封がしてある。めずらしいな。ローリーは、あたしあての手紙には封なんてしたことがないのに」

そのあと母とジョーがそれぞれの用事をしていると、いきなりメグのさけび声がしたので、はっと顔をあげた。メグは手紙を見つめて、ひどくおびえた顔をしている。

「どうしたの？」マーチ夫人がメグにかけよった。

「なにかのまちがいよ。あの方がこんな手紙を書くわけがないわ。ジョー、あなたね？　なんてことするの！」メグは顔をおおって、わっと泣きだした。

「あたし？　なにもしてないよ！　なにいってるの？」

メグは、ふだんはやさしい目に怒りを燃やして、くしゃくしゃの手紙をポケットからひっぱりだし、ジョーに投げつけた。

「あなたが書いたんでしょ！　あのいたずら者に手伝ってもらって。どうしてわたしたちに向かって、こんなに失礼で、いじわるなことをするの？　ひどいわ！」

ジョーは母といっしょに、きみょうな筆跡で書かれたその手紙を読んだ。

「親愛なるマーガレットさま

もうこれ以上、つのる思いをおさえられません。どうかわたしがそちらへもどる前に、お返事をおきかせください。ご両親にはまだお話ししていませんが、愛しあっていることをお知らせすれば、きっとゆるしてくださるでしょう。ローレンスさんのお力を借りれば、いい家も手に入るはずです。あとは、いとしいあなたからいいお返事がきければうれしいのですが。どうかご家族にはなにもおっしゃらず、ローリーに希望のひとことをたくしてください。

思いをこめて　ジョン」

「あの悪党め！　あたしが秘密を明かそうとしなかったから、こうやって仕返ししたんだ。あたしがたっぷり説教して、ここにひっぱってきてあやまらせる」

ジョーが息巻くと、母がめずらしくきびしい顔でひきとめた。

「お待ちなさい、ジョー。人のことよりまずは自分でしょう。あなたもこれまでさんざんいたずらをしてきたんだから、やっぱり一枚かんでいるんじゃないの」

「ぜったいやってない。ちかうよ、お母さん。こんな手紙、はじめて見たもん。それに、あたしだったらもっとまともなことを書く」

「でも、あの方の筆跡ににているわ」メグが口ごもりながら、べつの手紙とくらべた。

「メグ、あなた、まさかお返事していないでしょうね？」マーチ夫人が、はっとしてきいた。

「それが、しちゃったの！」メグは、はずかしさのあまり、また顔をおおった。

「なんだって。あいつめ、やっぱりとっちめてやる」ジョーは、またかけだそうとした。

「待って！　わたしにまかせなさい。思ったよりやっかいなことになっているわ。メグ、なにもかも話してくれるわね」母はジョーをしっかりつかまえたまま、メグといっしょにすわった。

メグは、最初の手紙を数日前にローリーから受けとったという。「まだ若いからそんなことは考えられない」と返事をしたところ、こんどは、「わたしはラブレターなど書いていない。いたずら者のジョーさんのしわざではありませんか」という返事がきたというのだ。

「親切でていねいなお手紙だったけれど、わたしがどんなにはずかしい思いをしたか」

メグは、打ちひしがれて母にもたれた。ジョーはローリーに悪態をつきながら歩きまわっていたが、きゅうに立ちどまると、メグのもとにきた二通の手紙をじっくりと見くらべた。

「これ、どっちもブルックさんじゃなく、ローリーが書いたんだよ。あたしに仕返しするために」

「もういいわ、ジョー。わたしはメグと話すから、あなたはローリーをつれていらっしゃい」

ジョーがかけだすと、マーチ夫人は、ブルックさんのほんとうの気持ちをメグに話した。

「あなたはどうなの。あの人を愛して、一家をかまえるまで待っていられる？　それとも今はまだ自由の身でいたいのかしら」

「わたし、こわいの。恋人なんて当分――ううん、死ぬまでほしくないかも。ジョンがこのごたごたのことをなにも知らないなら、どうか知らせないで。ジョーとローリーにもかたく口止めしてちょうだい。だまされて、気をもんで、もてあそばれて――こんなこと、もうたくさん！」

ローリーの足音がきこえたとたんメグは書斎にかけこみ、マーチ夫人がひとりで犯人をむかえた。ジョーは、ローリーがこないのではないかと恐れて、呼び出しの理由を話していなかった。でもローリーがマーチ夫人の顔を見たとたんにはっとして、うしろめたそうに帽子をいじくりましたので、すぐに有罪だとわかってしまった。

ジョーは部屋から出るようにいわれたが、ローリーが逃げ出しはしないかと、見張り番のようにろうかをうろついていた。客間からきこえる声は、高くなったり低くなったりしながら三十分ほどつづいたが、なにが話しあわれていたのかは、うかがいしることができなかった。

やがてメグとジョーが呼ばれてなかに入ると、母のとなりにローリーが立っていた。あんまり申しわけなさそうな顔をしているので、ジョーはその場でローリーをゆるす気になったが、今はまだ伝えないでおこうと思った。メグはローリーの謝罪を受けいれ、ブルックさんはほんとうになにも知らないという話をきいて、心からほっとした顔を見せた。

ローリーは横目でちらちらとジョーの顔を見た。けれどもゆるしてくれる気配がないので、傷ついたようだった。そして話が終わるとおじぎだけして、なにもいわずに帰っていった。

ところがローリーがいってしまったとたん、ジョーは、やっぱりゆるしの言葉をかけてあげればよかったと後悔した。しばらくためらったのち、ジョーは、借りていた本を返すという口実で、となりのお屋敷をたずねることにした。

「ローレンスさんはいらっしゃいますか？」ジョーは、二階からおりてきたメイドにたずねた。

「いらっしゃいますけど、今は、どなたともお会いにならないと思いますよ。ローリーぼっちゃまとひと揉めなすったばかりで、あたしなんぞ近寄れやしません」

「ローリーはどこ？」

「お部屋にこもってしまわれて、ノックしても返事もなさいません。お夕食のしたくはできているのに、だれも召しあがる人がいなくて、どうなることやら」

「あたしがいってみるわ。どっちもこわくなんかないから」

ジョーは二階へあがって、ローリーの部屋のドアをノックした。

「やめろ。さもないと力ずくでやめさせるぞ！」ローリーがおどした。

またすぐにノックすると、ドアがぱっとひらき、相手がふいをつかれたすきに、ジョーは部屋にとびこんだ。ローリーはだいぶ荒れているようだったが、あつかいかたを心得ているジョーは、ひどく申しわけなさそうな顔をして、床にひざまずいた。

「さっきは、ふきげんな顔をしていてごめんなさい。あやまろうと思ってきたの」

「いいんだ。ばかなことをしないで、立ちなよ、ジョー」

「ありがとう。でも、どうしたの？　だいぶかっかしてるみたいだけど」

「おじいさまにこづきまわされたんだ。たえられない。ほかのやつだったら、こうしてやるのに」ローリーは、右手をぐっとつきあげてみせた。

「どうしてそんなことになっちゃったの？」

「きみのお母さんに呼ばれたわけを話さなかったから。だれにもいわないって約束したからね」

「適当に話をこしらえるわけにはいかなかったの？」

「おじいさまは、なにがなんでもききだそうとするさ。真実を。その一部始終を。それ以外は受けつけない。ぼくが話せば、どうしてもメグの名前を出すことになってしまう。だからだまって、おとなしくしかられていたんだ。ところがえり首をつかまれたもんだから、かっとなってとびだしてきた。自分でもなにをしでかすかわからなかったから」

「そりゃひどいね。でも、おじいさまもきっと後悔してるわよ。つきそうから、仲なおりすれば？」

「とんでもない！　おじいさまに対してはなにも悪いことをしていないんだもの。向こうからあやまりにくるべきだよ。そして、話すわけにいかないとぼくがいったら、信じてほしいんだ」

「なにいってんの。おじいさまが、そんなことするわけないでしょ。いつまで部屋にこもってるつもり？」

「どのみちすぐ逃げだすさ。旅をして、おじいさまがさびしくなったころ帰ってくるよ。そうだ、ワシントンへいって、ブルック先生に会おうかな。あっちはにぎやかだから楽しくやるよ」

「へえ、それは楽しそう！　あたしもいけたらなあ」ジョーは、助言者としての立場をわすれ、首都で軍隊の任務につくところをありありと思いえがいた。

「じゃあいっしょにいこうよ！　心配しないでくださいって置き手紙をして、すぐに出発するんだ。お金ならあるし、お父さんのところへいくんだから、問題はないじゃないか」

一瞬、ジョーは、うんといいそうになった。でも目をかがやかせて窓の外をながめたとき、庭の向こうの古ぼけたわが家が目に入った。ジョーは悲しい気持ちで首をふった。

「んもう、あたしまで巻きこまないでよ。ねえ、もしあなたのことをこづいて悪かったとおじいさまにあやまらせることができたら、家出はやめる？」ジョーは真剣にいった。

「うん。でもそんなの無理に決まってる」

「若いほうをなだめられるんだから、年とったほうだってなだめられるわ」ジョーはつぶやき、両手でほおづえをつきながら鉄道地図に見入っているローリーをほうって部屋を出た。

　ジョーがローレンス氏の部屋のドアをノックすると、ふだんよりいっそうふきげんな声がした。

「入りなさい！」

「あたしです。ご本を返しにうかがいました」ジョーは、明るくいって部屋に入った。

「またなにか持っていくかね」老人は、にがにがしい気持ちを表に出すまいとつとめている。

「ええ。サミュエル・ジョンソンがとても気に入ったので、二巻目もぜひ」ボズウェルの『ジョンソン伝』は、老人がすすめてくれたものだったから、ジョーはごきげんをとるつもりでいった。

　老人はしかめ面を少しゆるめて、ジョンソンの本がならんでいる棚の前に踏み台を押していった。ジョーは段をかけあがっていちばん上に腰かけ、本をさがすふりをしながら、どうやってこの危険な話題を切りだそうかと頭をなやませた。一方、ローレンス氏のほうも、ジョーがなにかをもくろんでいることに気づいていた。そこで部屋のなかを何度か歩きまわると、いきなりジョーのほうを向いて話しだした。

「あの坊主はなにをやらかしたのかね？　かばわなくてもよろしい。帰ってきたときのようすを見れば、悪さをしたことぐらい一目でわかる。ところがあいつは、なにもいおうとしない。力ずくでいわせるとおどしたら、二階へかけあがって部屋にとじこもってしまった」

「たしかにローリーは悪さをしました。でもあたしたちはもうゆるしたんです。そしてみんなで、このことについてはひとこともいわないと約束しあいました」

「それじゃあ満足できんな。やさしい娘さんたちに、かばいだてしてもらうようではいかんのだ。悪事を働いたら、いさぎよく告白してゆるしをこい、いましめを受けなくては」

「母に口止めをされたので、あたしもお話しできないんです。ローリーはちゃんと告白して、ゆるしをこい、いましめを受けました。あたしたち、ローリーをかばっているんじゃなくて、べつのだれかを守ろうとしてるんです」

「ふむ。ただの強情ではなく、約束を守るために口をつぐんでおるというのか。それならしかたあるまい。まったくあいつはがんこ者で、手にあまる」ローレンス氏は少しほっとした顔をした。

「へたをすると、あの人、家出しますよ」

　ジョーは、いったとたんに後悔した。ローレンス氏がさっと顔色を変えていすに腰かけ、心配そうに、テーブルの上のりりしい顔の肖像画を見つめている。ローリーのお父さんだ。この人はほんとうに家出して、老人の意志にそむく結婚をした。

「よっぽどのことがなければ実行しないでしょうけど。たまにあたしも家出したいなって思うんです。髪も短くしちゃったことだし、家出人さがしをするなら、インド船で少年二名をさがしてもらえばいいんじゃないかしら」ジョーは笑いながらいい、ローレンス氏も、冗談だと受けとめて、ほっとした顔をしてくれた。

「もういい。あいつを夕食につれてきなさい」

「こないと思います。あの子、おじいさまに信じてもらえなかったことと、こづかれたことで、傷ついちゃって」

「ああ、手をあげたのはすまなかったと思っておる。むしろ、あいつが仕返しをしなかったことに感謝すべきなんだろう。それであいつはいったい、なにを望んどるんだ?」

「あたしなら謝罪の手紙を書きます。あやまってもらうまでおりていかないっていってましたから。書いてくださったら、あたしが持っていって、お説教してやります」

ローレンス氏は、ジョーをじろっと見て、めがねをかけた。

「あんたは、なかなかやり手だな。だがあんたとベスのてのひらでころがされる分には、悪い気はせん。ほれ、紙をよこしなさい。つまらぬことは、さっさと終わらせてしまおう」

手紙には、紳士が紳士に非礼をわびる文言が記されていた。ジョーはローレンス氏のはげあがった頭のてっぺんにキスをすると、階段をかけあがり、ローリーの部屋のドアの下のすきまに手紙をさしいれて、ひきかえそうとした。するとローリーが階段の手すりをつーっとすべりおりてきて、下からジョーを見あげた。

「きみってすごいね、ジョー！　がみがみいわれなかった？」

「ううん。けっこうやさしかったよ」

だれもがこれで一件落着し、小さな暗雲は吹きはらわれたと思った。けれども爪あとは残された。みんなはわすれたが、メグはわすれなかったからだ。それ以来、「あの方」のことをひんぱんに考えるようになり、以前にも増して夢を見るようになった。あるときジョーが切手をさがしてメグの机のひきだしをかきまわしていると、「ジョン・ブルック夫人」と落書きされた紙切れが出てきた。ジョーは悲しいうめき声をあげて、その紙を火にくべた。ローリーのいたずらのおかげで、自分にとって最悪の日のおとずれるのが、はやまってしまったと感じながら。

22 すばらしいプレゼント

そのあとの数週間は、まるで嵐のあとに日の光がさしたような日々だった。ふたりの病人はぐんぐんよくなって、マーチ氏からは年明けにも帰れそうだという知らせがとどいた。ベスは昼間のあいだ書斎のソファに横たわれるようになり、大好きなネコたちと遊んだり、人形の服をつくったりできるようになった。ただ、いつもいそがしく動かしていた手足は、すっかりこわばって弱くなってしまったので、ジョーが毎日しっかりとベスをだいて、家のまわりを散歩していた。

めずらしくあたたかい日が何日かつづいたあと、クリスマスがやってきた。ハンナが、「いつになくすばらしい一日になるって予感がしますよ」といったとおり、だれにとってもとびきりのクリスマスになった。

まず、マーチ氏からまもなく帰宅するという手紙がとどいた。ベスは、ことのほか気分がよかったので、母からプレゼントされた赤いやわらかなウールの部屋着を着て、みんなにわいわいと窓辺までつれていってもらった。庭に、ジョーとローリーからのプレゼントがあったのだ。

そこにはりっぱな雪だるま、いや、雪娘が立っていた。ひいらぎの冠を頭にのせ、果物と花で一杯のバスケットを片手にさげ、もう片方の手には新しい楽譜を持っている。肩には虹色のアフガンの織物をかけ、口にはクリスマスキャロルの書かれたピンク色の紙がさがっている。

「ベスにささげる雪娘

ばんざい！　いとしいベス女王
暗い日々はいまいずこ
きょうは楽しいクリスマス
すこやかにあれ、ベス女王

おいしい果物
かぐわしい花
ピアノでかなでる楽譜もあるし
ひざにはアフガンをかけましょう

人形ジョアンナの肖像画
作者はラファエロ二世のエイミー
さんざっぱら苦労して
ジョアンナそっくりにかきあげた

ネコのマダムには赤いリボン
しっぽにむすんであげましょう
メグのつくったアイスもあるよ
うつわに盛ったモンブラン

そしてわたしの胸のなか
愛がたっぷりつまってる
どうか受けとってくださいな
ジョーとローリーのまごころを」

ベスはこの雪娘を見て大笑い。ローリーは何度もいったりきたりして雪娘からのプレゼントをとどけ、ジョーはそのたびにゆかいな演説をした。

「ああ、あたし、めいっぱい幸せ。これでもしお父さんが帰ってきたら、幸せがあふれちゃう」

ベスは、ジョーにまた書斎につれていってもらい、雪娘からおくられたおいしいブドウを食べながらため息をついた。

「あたしもだよ」ジョーはポケットをポンとたたいた。そこには、ずっとほしかった『ウンディーネとシントラム』が、おさまっていた。

「わたしも」エイミーは、聖母マリアとその御子の複製画をじっと見つめた。母が美しい額に入れておくってくれたものだ。

「わたしだって！」メグは、初めて手にしたシルクのドレスの銀色のひだをそっとなでた。ローレンス氏が、どうしてもといってプレゼントしてくれた。

「わたしも、このうえなく幸せですよ」マーチ夫人もうれしそうにいって、マーチ氏からの手紙とベスの笑顔を交互に見つめた。胸もとには、娘たちからおくられた手作りのブローチがかざられている。マーチ氏の灰色の髪の毛、それに娘たちそれぞれの金髪、栗色の髪、こい茶色の髪でつくったものだ。

さて、このありふれた世の中でも、ときとしておとぎ話のようなできごとは起こるものだ。みんながめいっぱいの幸せを味わった三十分後、もうひとつの幸せがやってきた。

ローリーが居間のドアをあけてなかをのぞきこみ、いやに静かな声でいった。

「マーチ家のみなさんに、もうひとつクリスマスプレゼントがあります」

いいおえるかおえないかのうちに、ローリーはさっとわきにひっこみ、かわりに背の高い男の人が姿をあらわした。マフラーをぐるぐる巻いて目だけ出し、となりにいるやはり背の高い人に支えられている。男の人は口をひらいたが、なにもいえずに終わった。あっというまにみんながかけよってきて、数分のあいだ、上を下への大騒ぎになったからだ。

ジョーは気を失いそうになって、食器置き場でローリーに介抱された。ブルックさんはメグにキスして、まちがいですとしどろもどろのいいわけをした。いつもおぎょうぎのいいエイミーは、いすにつまずいてころび、そのままお父さんの靴をだきしめておいおい泣きだした。そんななかで、マーチ夫人が最初にわれに返り、片手をあげてさけんだ。

「みんな静かに！　ベスが休んでいるのよ！」

でも、もうおそかった。書斎のドアがぱっとひらいて、赤い部屋着に身をつつんだベスがあらわれたのだ。よろこびのあまり弱った手足に力がよみがえったのか、ベスはまっすぐお父さんの腕のなかにかけこんだ。あとはもう、だれもがよろこびに身をゆだねるばかり。つらい日々はうれし涙で洗いながされ、あとには幸せだけが残された。

マーチ氏は、みんなをおどろかせたかったこと、好天がつづいて医師からもゆるしが出たことをみんなに話してきかせた。

こんなにすばらしいクリスマスのディナーははじめてだった。まるまるとした七面鳥は、ハンナがつめものをしてこんがりと焼き、かざりつけをほどこしたもので、それはそれはみごとな仕上がりだった。プラムプディングは口のなかでとろけるようだし、ゼリーはエイミーをとりこにした。なにもかもうまくできてほんとうによかったと、ハンナはため息をついた。

「なにしろ頭んなかが、とっちらかってましたからね。プディングをオーブンにつっこんだり、七面鳥にレーズンをつめこんだりしなかったのは、奇跡ってもんでございますよ」

ローレンス氏とローリー、それにブルックさんもテーブルをかこんだが、ジョーがブルックさんをにらみつけるものだから、ローリーはおかしくてたまらなかった。テーブルの上座には安楽いすがふたつ置かれ、ベスとお父さんが腰かけて、肉や果物をつまんだ。みんなは健康を祝して乾杯し、語りあい、歌をうたい、思い出を分かちあって、すばらしいひとときをすごした。

お客さまが帰ってゆくと、夕やみのなか、一家は暖炉をかこんだ。

「ほんの一年前、みんな、つまらないクリスマスになりそうねなんて文句をいってたの、おぼえてる？」ジョーがきいた。

「すぎてみればなかなか楽しい一年だったわ」メグが暖炉の火を見つめてほほえんだ。ブルックさんと顔を合わせても、おたおたしなかったことを、心ひそかによろこんでいた。

「わたしは、つらい一年だったわ」エイミーは、きらめく指輪を見つめて、しみじみといった。

「一年が終わって、お父さんが帰ってきてくれてよかった」父のひざの上でベスがささやいた。

「小さな巡礼たちにとっては、困難な道だったようだね。とくに年の後半は。だがみんなりっぱに切りぬけた。まもなく重荷をおろせるよ」父は、満足そうに娘たちの顔を見まわした。

「どうしてわかるの？　お母さんからきいた？」ジョーがきいた。すると父は、いすのひじかけにのっているメグの手をとって、がさがさに荒れた指をさした。

「ここにひとつのあかしがある。昔、この手は白くてすべすべだった。おまえはいつも手が荒れないよう気をつけていたね。そのころもきれいだったが、わたしの目には今のほうがもっと美しく見える。メグや、わたしは白い手や見た目の美しさよりも、家庭を幸せにする女らしい腕前のほうが尊いと思う。この働き者の小さな手をほこりに思うよ。できるなら、まだしばらく手元に置いておきたいものだ」

メグは、ぎゅっとにぎってくれた父の手の重みと、あたたかいほほえみで、つらい労働がすべてむくわれた気がした。

「ジョーは、髪は短くなったが、一年前に別れたときのような『息子のジョー』ではなくなったね。ここにいるのは、若きレディーだ。えりをまっすぐに留め、靴のひもをきちんとむすび、口笛を吹いたり、悪い言葉を使ったり、じゅうたんに寝そべったりもしない。おてんばなジョーがなつかしい気もするが、かわりにじょうぶで、よく手伝いをする、心やさしい娘にお目にかかれてうれしいよ。ワシントンじゅうをさがしても、わがよき娘がおくってくれた二十五ドルで買うにあたいするような美しいものは、ひとつも見つけられなかった」

父のほめ言葉に、ジョーのきりっとした目がうるみ、暖炉に照らされた顔がほんのり赤らんだ。

「ベスはずいぶん小さくなってしまって、言葉にしたら、いなくなってしまいそうでこわい。ただ、以前のようにひっこみ思案ではなくなったね」父は明るい声でいいながらも、ベスをぎゅっとだきしめてほおずりをした。「おまえをとりもどせてよかった。神よ、どうかこの子をここにいさせてください」

しばし沈黙したあと、父は、足もとの小さないすにすわっているエイミーを見て、つややかな髪をなでながら、いった。

「エイミーは、さっき、肉のはしっこのほうをとったね。午後いっぱい母さんの手伝いをし、メグに席をゆずって、明るく、しんぼうづよくみんなの給仕をしていた。だだをこねたり、鏡をのぞきこんだりすることもへった。きれいな指輪も少しもひけらかさなかった。自分よりほかの人のことをよく考えるようになった証拠だ。おまえが美しい彫刻をつくってくれればそれはうれしいが、自分と人の人生を美しいものにできる才能を持った娘のほうが、何倍もほこらしいよ」

するとベスが父のひざからおりて、ゆっくりとピアノの前にすわった。

「歌の時間よ。久しぶりにピアノがひきたいの。お父さんのために歌をつくったから」

愛するピアノに向かって、ベスはやさしく鍵盤をたたき、もう二度ときけないのではないかとみんなが心配したあの美しい声で、歌をうたったのだった。

23 マーチおばさん、問題を解決する

翌日、母と娘たちはなにもかもほったらかしてマーチ氏のまわりにむらがり、その話に耳をかたむけた。病人は、つぎつぎとふりそそがれるやさしさで、かえって息がつまるほどだった。ハンナもときどき顔を出しては「おやさしいご主人さま」のようすをうかがい、一家の幸せにはなにも欠けるものがないように思われた。

ただ、だれも口にはしないものの、みんなが気にかけていることがひとつあった。父母はときおり心配そうに顔を見あわせて、メグを目で追った。ジョーはたまにきゅうにふきげんになり、ブルックさんがきのうわすれていった傘に向かってこぶしをふりあげた。そしてメグはぼうっとして、口数が少なく、ベルが鳴るたびにびくっとし、ジョンの名前が出ればほほをそめた。

昼すぎにローリーが通りかかって、窓ぎわにメグがいるのを見かけると、とつぜん芝居じみたおふざけにとりつかれたらしく、雪の上に片ひざをついて胸をたたいたり、髪をかきむしったり、たのみこむように両手を組みあわせたりしてみせた。メグが、いいかげんにしなさいといって追

いはらおうとすると、ローリーはハンカチで涙をふいてぎゅっとしぼるまねをし、とことん打ちひしがれた人のように、よろよろと角を曲がって姿を消した。

「ばかねえ、いったいなんのまねかしら」

メグが笑ってやりすごそうとすると、ジョーが冷たくいいはなった。

「ようするにねえさんのジョンが、将来どうなるかを演じてるんでしょ。胸が痛むねえ」

「『ねえさんのジョン』なんていう言い方はやめて。前にもいったけど、わたしはあの方のこと、それほど思ってないの。なにもいうことはないし、今までどおりお友だち同士でいるだけよ」

「そんなの無理だよ。だって、じっさいにもうブルックさんはねえさんのことを好きだっていってるんだし、ローリーのいたずらのせいで、ねえさんもおかしくなっちゃったもん。あたしも、お母さんも感じてるんだよ。ねえさんはもう昔どおりじゃなくて、すごく遠くにいっちゃった。ほんとうになんとも思ってないなら、はやく相手にそれを伝えて、さっさと終わらせてほしいよ」

「なにもいわれていないのに、こちらから伝えるつもりはないわ。それに、あの方はきっとなにもおっしゃらないわよ。だってお父さんが、わたしはまだ若すぎるってお伝えしたんですもの」

「もしいわれたら、どういうふうに返事をするつもり?」ジョーはきいた。

「そうね、落ちついてきっぱりとこういうつもりよ。『おやさしい言葉をありがとうございます、ブルックさん。でも父も申しあげたとおり、わたしはまだ若いので、婚約など考えておりません。ですからもうなにもおっしゃらずに、このままお友だちでいさせてください』って。そして堂々と部屋を出ていくの」

メグが立ちあがって、まさに堂々と部屋を出ていこうとしたそのとき、玄関ホールにだれかの足音がきこえた。メグは、とってかえしていすにすわり、まるで命でもかかっているかのように、むきになってぬいものをはじめた。ジョーは、その変わりぶりに笑いをかみころしたが、居間にえんりょがちなノックの音がすると、かみつきそうな顔でドアをあけた。

「こんにちは。傘をわすれたのでとりにきました――それから、お父さんのおかげんはいかがですか」ブルックさんが、ジョーとメグの意味ありげな顔を見くらべて、どぎまぎしながらいった。

「あー、傘は元気です。父は傘立てにあります。それから傘に、ブルックさんがいらしたと伝えてきます」ジョーはあわてて父と傘をごっちゃにしながら部屋を出た。メグにきっぱりとことわるチャンスをあたえたつもりだ。ところがジョーがいなくなったとたん、メグも出口へ向かいながらもごもごとつぶやいた。

「母がお目にかかりたがると思いますので、どうかおかけになって。今、呼んできます」

「いかないでください。わたしのことがこわいのですか、マーガレット？」

ブルックさんがひどく傷ついた顔をしたので、メグは、自分がとんでもなく失礼なことをしたような気がしてうろたえた。おまけにマーガレットなんて呼ばれたのははじめてだったので、髪の根もとまで真っ赤になった。それにしてもブルックさんの口から自分の名前をきくと、なんて自然で、心地がいいのだろう。メグは、落ちついて、うちとけているところを見せようと、片手をのばし、感謝をこめていった。

「こわがってなんかいませんわ。父にあんなに親切にしてくださったんですもの。どうやってお礼を申しあげたらいいか、わからないくらいです」

「ではお教えしましょうか?」ブルックさんがメグの小さな手を両手でにぎりしめ、茶色の目で熱烈にメグを見つめた。メグは胸がどきどきして、すぐにでも逃げだしたいような、立ちどまってずっと話をきいていたいような気持ちにかられた。

「だめです、どうかおやめになって」メグはおびえた顔で手をひっこめようとした。

「こまらせるつもりはないのです。ただ、わたしのことを少しでも気にかけてくださっているのか、知りたいのです。メグ、あなたを愛しています。とっても」

今こそ落ちついてきっぱりとことわるチャンスだったのに、メグは頭が空っぽになってしまい、ただうつむいて、蚊の鳴くような声で「わかりません」というばかりだった。ブルックさんは体をかがめて、ようやくこの返事をききとった。

「それではぜひ考えていただけませんか？　どうしても知りたいのです。わたしの思いがむくわれるのかどうか、それがわからないと仕事にも身が入りません」

「まだ若いので……」メグは口ごもった。なぜこんなにうろたえているのだろう。

「だったら待ちます。そのあいだにどうかわたしのことを好きになってください。レッスンならいくらでもさずけますよ。教えるのは好きですし、ドイツ語よりかんたんですから」

たのみこむような口調だが、ちらりとブルックさんの目を見るとやさしいだけでなく楽しんでいるようでもあった。かならずうまくいくと信じているのだ。メグはこれにカチンときた。自分の力をためしたいという気持ちも頭をもたげ、メグはさっと手をひっこめて、つんけんといった。

「いいえ、けっこうです。どうぞお帰りになって。もうわたしにはかまわないでください」

あわれなブルックさんは、美しい夢の城が、目の前でガラガラとくずれさったような顔になった。メグがこんなに怒ったのを見たことがなかったので、すっかり面食らっている。

「本気でおっしゃってるんですか？」部屋を出ていこうとするメグに追いすがって、必死にきく。

「ええ、本気です。そんなことで気をもみたくありませんの。父もそういっていますし、わたしも考えたくないんです」

ブルックさんは真っ青になって、悲しげな、やさしいまなざしでメグをじっと見つめた。メグの気持ちが少しゆらいだ。この山場に、なんと、マーチおばさんが登場した。

おばさんは、散歩中にローリーと出会ってマーチ氏が帰宅したことをきくと、甥に会いたいという気持ちをおさえられなくなり、馬車にとびのってやってきた。家族はみんな家の奥にいたので、みんなをおどろかそうと、静かに家に入った。そしてねらいどおりにふたりをおどろかせたのだ。メグは幽霊でも見たようにぎょっとし、ブルックさんは書斎に逃げこんだ。

「んまあ。これはいったいどういうことだね？」おばさんは杖で床をドンとたたいた。

「父の友人ですわ。おばさんにお目にかかって、とてもびっくりです」

「そんなこたあ、わかってる。父の友人とやらが、なにをいって、あんたをこんなに真っ赤にさせたのかときいてるんだ。なにかよからぬことが起きてるにちがいないね」――ドン！

「ただお話ししていただけです。ブルックさんは傘をとりにいらしたんです」

「ブルック？　あの坊やの家庭教師か？　ああ、なるほど。そのことならぜんぶ知ってる。ジョーが父親の手紙を読みあげたとき、まちがってその話まで読んだから、しゃべらせたんだ。あんた、まさかあの男に求愛されて、はいといったんじゃあるまいね？」

「しいっ！　あの方にきこえます。母を呼んできましょうか？」メグは、こまりはてていた。

「まだいい。それより今すぐいっておきたいことがある。あんたはあのクックとかいう男と結婚するつもりなのかい？　だとしたら、あたしの遺産は一ペニーたりともあんたにはやらない。そのことをよくおぼえておおき」

さて、マーチおばさんには、どんなおだやかな人にも、反発心を起こさせる希有な才能があった。だからもしおばさんがジョン・ブルックの求愛を受けいれるようせまったなら、メグはおそらく「とんでもない」とことわったことだろう。ところがおばさんが頭ごなしにブルックさんを拒むよう命じたので、メグはその場で受けいれることに決めた。もともと好きだったところに反発心が加わったので、たやすく決心がついたのだ。しかもさっきから興奮していたところだったので、メグにしてはめずらしいほどはげしく、おばさんに食ってかかった。

「マーチおばさん、わたしは自分の好きな人と結婚します。おばさんもだれなりと好きな人に遺産を残せばいいでしょう」

「んまあ、なんだろね。それが人の忠告をきく態度かい、お嬢さん？　そのうちきっと後悔するよ。みすぼらしい小屋でくらしてみれば、失敗したと思うだろうさ」

「大きなお屋敷でくらして、失敗したと思うよりましです」

マーチおばさんは、話のもっていき方をまちがったことに気づいて、こんどはやんわりと説得しにかかった。

「ねえ、メグ、頭を冷やしてあたしのいうとおりにしてごらん。親切でいってるんだから。出だしでつまずいて、人生をだいなしにしてほしくないんだよ。いい結婚をして家族を助けなきゃ。あんたには、裕福な人と結婚する義務があるの。このことは強くいわせてもらうよ」

「父と母はジョンのことを気に入っています。たとえ貧しくても」

「あんたの両親は、世間のことなんかなにもわかっちゃいない。赤ん坊みたいなもんさ」

「わたしはそれでいいんです」メグはきっぱりといった。

マーチおばさんも、がんとしてゆずらない。

「このルークとかいう男は貧乏人で、金持ちの親せきもいないんだろう？」

「ええ。でも心温かい友人がたくさんいます」

「友だちなんぞ、あてになるもんか。ためしてみるがいい。あっというまに冷淡になるからね。でもってその男は、まだちゃんとした仕事もないんだろう？」

「今のところは。でもローレンスさんが力を貸してくださいます」

「そんなもの長つづきしやしないよ。ジェームズ・ローレンスはへんくつなじいさんだ。たよりになんかなりゃしない。そうかいそうかい、あんたは金も、地位も、仕事もない男と結婚して、今よりもっと働きづめに働こうってわけだ。あたしのいうことをきいてもっとうまくやれば、一生楽にくらせるかもしれないっていうのに。もっとかしこい子だと思っていたよ、メグ」

「どれだけ待ったって、これ以上いい方なんてあらわれません。ジョンは善良でかしこい方です。たいへんな才能をお持ちだし、働き者ですもの、かならず出世しますわ。おまけに元気があって、勇気もあって、だれからも好かれているし、尊敬されているんです。その方が、こんなに貧しくて、若くて、おろかなわたしのことを思ってくださるなんて、ほこらしいことです」

「それはね、あんたに金持ちの親せきがいるからさ。だからあんたのことを気に入ってるんだ」

「マーチおばさん、なんてことおっしゃるの？　ジョンはそんないやしい人じゃありません。そんなことをおっしゃるなら、もうこれ以上お話ししたくないわ。わたしのジョンは、お金のために結婚したりしません。ふたりともよろこんで働きますし、準備ができるまで待つつもりです。わたし、貧乏なんてこわくないの。今も貧乏だけれど幸せだし、あの方といっしょならかならず幸せになれますから。だって彼はわたしのことを愛しているし、わたしも――」

メグはつづきを飲みこんだ。そういえば、まだ決めたわけではなかった。さっき「わたしのジョン」に向かって「どうぞお帰りになって」といったんだっけ……。

マーチおばさんは、かんかんだった。この美しい姪には、いい結婚をさせようと思っていたのだ。メグの若々しい幸せそうな顔を見ていると、悲しいうえにむかむかしてくる。

「じゃあもうこのことからは、いっさい手をひくからね！　この意地っぱり。自分がどれだけ損をしたか、わかっちゃいないだろう。あんたにはがっかりしたよ」

メグの目の前でバタンとドアをしめると、おばさんは頭から湯気を立てて立ちさった。メグは笑ったらいいのか泣いたらいいのかわからないような気持ちでつったっていたが、心が決まる前にブルックさんにだきすくめられた。ブルックさんはひと息にいった。

「ごめんなさい。ぜんぶきこえてしまいました、メグ。味方をしてくださってありがとう。そのうえマーチおばさんに、わたしのことを気にかけているといってくださって」

「おばさんがあなたのことをけなすまで、自分でも気づかなかったんです」

「じゃあわたしはまだ帰らなくてもいいのですね。このまま、ここで幸せにひたっていても？」

またしても、きっぱりことわって堂々と部屋を出ていくチャンスが到来したが、メグはそんなことは考えもせず、「はい」とささやいて、ブルックさんのチョッキに顔をうずめた。

マーチおばさんが帰った十五分後、ジョーがそっと階段をおりてきた。居間の外で耳をすましたが、なにもきこえないので、ジョーはにんまりしてうなずいた。

「ねえさん、あいつを追いかえしたんだね。これで一件落着。話をきいてひと笑いしようっと」

ところが笑うどころではなかった。あわれなジョーは、部屋に入ったとたん口をあんぐりとあけ、目を見ひらいて立ちすくんでしまった。メグが、ソファにすわったブルックさんのひざにだかれて、すべてをゆだねたような顔をしている。ジョーがハッと息をのむと、メグはあわてて立ちあがったが、「あの男」は声をたてて笑い、落ちついてこういった。

「妹のジョーさん、どうかわたしたちを祝福してください」

あんまりだった。ジョーは言葉もなく階段をかけあがると、病人たちのいる部屋にかけこんで、大声でさけんだ。

「だれか、階下へいって！　ジョン・ブルックがひどいのに、メグがよろこんでる！」

父と母がすばやく階下へおりていき、ジョーはベッドに身を投げだして、ベスとエイミーにこのおそろしいニュースを伝えながら、わんわん泣きわめいた。けれども妹たちは、すてきな話だと思ったので、ジョーはだれにもなぐさめてもらえなかった。

夕食のベルがなると、ブルックさんはメグの手をとって食事の席につれていった。ふたりがあんまりうれしそうなので、ジョーもうふくれっ面をする気力をなくしてしまった。エイミーは、ジョンの献身的なようすとメグの堂々としたふるまいに胸を打たれた。ベスは遠くからにこにことほほえんでいる。マーチ夫妻は満足そうに若いふたりを見つめた。みんなたいして食べなかっ

たが、だれもが幸せそうで、古い部屋は、一家のはじめてのロマンスで、一気にはなやいだ。

　やがてローリーとローレンス氏もお祝いにかけつけた。ローリーはうきうきしながら、大きな花束を「ジョン・ブルック夫人」にささげた。

　ふと見るとジョーが浮かない顔をしている。ほかのみんながローレンス老人にあいさつにいったすきに、ローリーは居間のすみでジョーにきいた。

「めでたくなさそうだね。どうしたの？」

「メグをあげちゃうのがどんなにつらいことか、わからないでしょう」ジョーは声をふるわせた。

「あげちゃうわけじゃないよ。分かちあうだけだ」

「それじゃだめなの。あたしはいちばんの親友をなくしちゃったんだもの」

「ぼくがいるじゃないか。かわりにはならないかもしれないけど、ずっとそばにいるよ、ジョー」

「そうだね。ありがとう。あんたはいつでも心のなぐさめよ」ジョーは感謝をこめて握手した。

「さあ、それじゃあ暗い顔をするのはやめよう。メグは幸せだし、ブルック先生は、きっとかけずりまわって、すぐに一本立ちするよ。メグがお嫁にいったら、うんと楽しもう。そのころにはぼくも大学を卒業するから、外国にいったり、旅行をしたりしてさ。ね？」

「そうだね。でも三年後にどうなってるかなんて、わからないよ」

「そりゃあそうだけど。ねえ、未来をのぞいてみたいと思わない？」

「あたしはいやだな。悲しいことを見たらいやだもの。今はみんなが幸せだから」

ゆっくりと部屋のなかを見まわすと、だれもが楽しそうで、ジョーの顔も明るくなっていった。

父と母はいっしょにすわって、二十年前、自分たちのロマンスがはじまったころのことを静かに思いかえしている。エイミーは恋人たちの絵をかいていた。ふたりは少しはなれたところで、自分たちだけの世界にひたっている。その顔のかがやきは、おさない画家にはまだ写しとることができなかった。ベスはソファに横たわって、年老いた友人と楽しくおしゃべりをしている。老人は小さな手をにぎりしめ、まるでベスに手をひかれて、いっしょにおだやかな道を歩んでいるかのようだ。ジョーはお気に入りの低いいすに腰かけて、物思いにしずんでいた。ローリーがそのいすの背にもたれて、ジョーの巻き毛の頭に顔をならべる。そしてふたりを映す姿見に向かって、思いきりうちとけた笑みを浮かべ、こっくりとうなずいてみせた。

訳者あとがき

メグ、ジョー、ベス、エイミーという四人姉妹のお話、いかがでしたか？　わたしも子どものころ読んで大好きだった物語ですが、今回あらためてじっくりと読み返してみて、少しも古さを感じないことにおどろきました。原著が発表されたのは、一八六八年。日本では明治元年にあたります。そんな昔に書かれたにもかかわらず、四人姉妹の気持ちが、とても身近に感じられます。

時代背景は、たしかに百五十年近く前のものです。マーチ家のお父さんは従軍牧師として戦地にいますが、これは奴隷制度の廃止をめぐってアメリカ国内で戦われた南北戦争（一八六一年〜六五年）のことです。物語のなかに登場する本も、英国人牧師バニヤンの宗教的物語である『天路歴程』や、チャールズ・ディケンズの『ピクウィック・ペーパーズ』など、いずれもこの時代に広く読まれていた実在の本です。また今ならペニシリン（一九二八年発見）で治るしょうこう熱（溶連菌感染症）が、重大な病だったことも時代を感じさせます。

それなのにこの『若草物語』が、今読んでもみずみずしく感じられるのは、四人の姉妹が、迷いやなやみをかかえたふつうの女の子たちだからでしょう。ほしいものがたくさんあるのに買えないつらさをぐちってみたり、はげしいきょうだいげんかをしたり、するべきことをほうりだしてつい楽なほうに流れたり。また、そんなななやみがあるからこそ、家族のだんらんも、隣人であるローレンス家の人たちとの交流も、いっそうきらきらとかがやいているように感じられます。
作者のルイザ・メイ・オルコットは、一八三二年、アメリカ東部のペンシルベニア州で生まれ、マサチューセッツ州で育ちました。父は教育者で思想家のエイモス・ブロンソン・オルコット。作中のマーチ家の父は友人を助けようとして財産を失いますが、ルイザの父は実験的な学校経営などを試みるもうまくいかず、一家は貧しいくらしをしいられました。そのため、ジョーと同じく四人姉妹の二女だったルイザは、はやくから家庭教師や家事手伝いなどをして家計を支え、一八五四年、二十二歳のときには『花物語』で作家デビューを果たしました。『若草物語』が世に出たのは三十五歳のとき。ジョーにみずからを重ね、家族の実際のエピソードをたくさん盛り込んで書いた作品ですが、事実だからというだけでなく、オルコットの人間を見る目がたしかだからこそ、こんなにも生き生きした物語になっているのでしょう。読み返す年齢によって心を寄せる人物も移りかわるかもしれません。みなさんもまた何年かしたら、読み返してみてくださいね。

ないとうふみこ

角川つばさ文庫

L・M・オルコット／作
1832年、アメリカ生まれ。四人姉妹の次女として生まれる。引っ越しを繰り返す貧しい一家を助けるため、15歳から執筆をはじめる。1868年、半自伝的小説といえる『若草物語』を刊行。世界中で愛される作家となる。1888年死去。

ないとうふみこ／訳
東京都府中市出身。翻訳家。手がけた作品に『オズのオズマ姫』ほか「オズの魔法使い」シリーズ、『きみに出会うとき』『ネズミ父さん大ピンチ！』『新訳 思い出のマーニー』などがある。

琴音らんまる／絵
漫画家。作品に『時をかける少女 -TOKIKAKE-』（原作：筒井康隆）、『夜は短し歩けよ乙女』（原作：森見登美彦）、『RDG レッドデータガール』（原作：荻原規子）などがある。

角川つばさ文庫　Eお1-1

新訳
若草物語

作　L・M・オルコット
訳　ないとうふみこ
絵　琴音らんまる

2015年1月15日　初版発行
2015年10月10日　再版発行

発行者　郡司 聡
発　行　株式会社KADOKAWA
〒102-8177　東京都千代田区富士見 2-13-3
03-3238-8521（カスタマーサポート）
http://www.kadokawa.co.jp/
印　刷　暁印刷
製　本　BBC
装　丁　ムシカゴグラフィクス

ISBN978-4-04-631470-3　C8297　N.D.C.933　271p　18cm

読者のみなさまからのお便りをお待ちしています。下のあて先まで送ってね。
いただいたお便りは、編集部から著者へおわたしいたします。

〒102-8078　東京都千代田区富士見 1-8-19　角川つばさ文庫編集部